Ⓢ新潮新書

森 博嗣
MORI Hiroshi

人間は いろいろな問題について どう考えていけば良いのか

510

新潮社

まえがき

どうしたら抽象的に考えられるのか?

仕事柄なのか、人から相談を受けることが多い。多いと思っているだけで、これが普通かもしれないが、どうして僕のようないい加減で臍曲《へそま》がりな人間に相談を持ちかけるのか、と常々感じるところなので、よけいに「多い」と感じてしまうのかもしれない。迷惑というほどではないものの、抵抗を感じることは確かだ。

ここ十年で一番多い相談は、「ものごとを客観的に考えるにはどうしたら良いでしょうか?」というものである。その相談自体が非常に客観的で、もうそれで充分なのではないかと思うが……。

この「客観的」という部分を、「抽象的《ちゅうしょうてき》」と言い換《か》えた質問もわりと頻繁《ひんぱん》に受ける。これらの相談や質問が多くなったのは、僕が本を出版するようになったからだ。大学の教官をしているときには、もちろん専門分野の研究課題や、進路や就職関係の相談が多かった。これらの相談は、ほぼ例外なく、内容は具体的なものだ。作家になったら、相談自体がとても抽象的になった、といえる。大学の教官も作家も、どちらも「先生」だから、相談を受けやすい立場には変わりはないが、少なくとも作家の方が「抽象的に物事を考えている」と思われているようだ。これは逆だ、と僕は思う。

作家として書くもの、あるいは講演などで話すときに、僕はよく「もっと客観的に考えよう」とか「もう少し抽象的に考えた方が良い」という表現をする。だから、森博嗣はそういうふうに考えているのだ、その考え方を自分も身につけてみたい、と感じるのだろう。人によっては、そうすれば森博嗣のように稼《かせ》ぐことができるはずだ、という打算を隠さない場合もあって、若い人だと、特に微笑《ほほえ》ましい。

こういった相談や質問を各方面からいただくのだが、それに対する回答をまとめて書くような機会は、これまでになかった。この本が初めてだ。どうして、今まで書かなかったのか、というと、きっと書いてもわかってもらえないだろう、と予想できたし、また、はたしてわかるように書けるものだろうか、という心配も強かった。でも、とりあえず書いてみるか。書けば、自分もまた変化するだろう。そうすれば、もっと深い考察ができるようになるかもしれない。そう前向きに考えて、今回の執筆依頼を引き受けた。

ただ、断っておきたい。この本を読めば、その「客観的で抽象的な思考術」なるものが会得《えとく》できるのか、というとその保証はない。基本的に、ノウハウを教えれば、すぐにできるようになる、というものではないからだ。

それでも、少なくとも「客観的になろう」「抽象的に考えよう」と望んでいる人が本書を読むだろうし、また、真剣にそれを望んでいるのなら、必ずその方向へ近づくことになるはずだ。その近づき方を多少早める効果が、この本にはあるかもしれない。そう願っているし、多少でもそれを信じなければ、やはり書けないと思う。

客観的と抽象的

客観的と抽象的は、まったく違う意味ではあるけれど、「考え方」として、つまり思考の方向性というか、考える取っ掛かりのようなものは、非常に似ている。ほとんど同じだといっても良い、と僕は考えている。裏返せば、世間一般の多くの人たちの考え方は、極めて主観的であり、大多数は具体的だ。それを自分で意識しているならば問題はないが、無意識にそれがスタンダードだと思っているから、ときとして「狭いものの見方」になりがちで、また、主観的で具体的すぎるが故に感情的になってしまい、結果として損をすることになる。

主観的で具体的なものが悪いわけではない。また、感情的になることも、けっして不自然ではない。人間には、主観が大事だし、具体的なものを捉《とら》えなければ生きていけない。そして、感情的にならない機械のような思考や行動は、ときに不気味でさえある。生活のほとんどは、主観と具体性だけで成り立っている。だから、その考え方だけでも生きていける。周囲のみんなが善人で、気持ちが通じ合い、平和で豊かであれば、また競争もなく、成功も出世も意味がないという聖人のような生き方が望みならば、それで良いかもしれない。たとえば、無人島で自分一人だけで生きているという条件ならば、主観的かつ具体的思考でまったく問題はないだろう。現に、野生の動物はみんなそうしているのである。

けれども、人間社会ではそうはいかない。世界には沢山《たくさん》の人間が生きている。考え方の違う他者とつき合っていかなければならない。社会に出れば、ある程度の競争があり、また、もっと深刻な争いにも遭遇するだろう。自分の自由を獲得するためには、それらを克服あるいは解決していく必要に迫られる。そうなると、主観的で具体的で感情的なものに囚《とら》われていては、明らかに不利になるのだ。

小さいか大きいか

単に、それだけのことである。これも、最初に断っておかなければならない。つまり、客観的で抽象的な思考、あるいはそれらを伴う理性的な行動ができても、せいぜい、ちょっと有利になるだけの話なのだ。是が非でも、というものではない。それができるからといって、人間として偉《えら》くなれるわけではない。

ただ、そういう考え方が、あるときは貴方《あなた》を救う、と僕は信じている。また、そういう考え方でしか解決できない問題もたしかに存在する。仕事でも、人生でも、そういった場面に必ず直面するだろう。そのときに、自分の力で乗り越えられるかどうか、ということで人と差がつく。それが成功と失敗を分けることになる。たったそれだけのことだ。小さいといえば小さいし、大きいといえば大きい。どう捉えるかは、その人の価値観次第である。

具体的なものが邪魔をする

客観的に考えるというのは、簡単にいえば、自分の立場ではなく、もっと高い視点から物事を捉えることだが、身近な表現でいえば、「相手の身になって」というような思考も含まれるだろう。ようするに、自分を棚《たな》に上げて、自分の立場ではない視点から考えることである。

また、抽象的に考えるというのは、簡単にいえば、ものごとの本質を摑《つか》むことで、見かけのものに惑わされることなく、大事なことはどこにあるのかを探すような思考になる。この場合、大事なこととというのは、たとえば、ほかの事例にも役に立つこと、あるいは、細かい雑事を除いた大雑把《おおざっぱ》な傾向のことだ。たいていの場合、見かけのものや、細かい雑事というのは、結局は自分の立場であったり、人の目（世間体《せけんてい》）であったり、過去から引きずっている感情的な印象などである。こういった卑近《ひきん》で具体的なものが邪魔をするから、素直に本質が見えなくなっている。すなわち、抽象的なものの見方をするためには、客観的で「クリーン」な視点が必ず必要なのだ。

したがって、客観的な考え方と抽象的な考え方は、かなり似ている。実際には異なる場合もあるけれど、それを指向する姿勢がほとんど同じだといっても良い。客観的であれば自然に抽象的になるし、また、抽象的なものを求めれば、どうしても客観しなければならなくなるからだ。

「理想論」かもしれないが

まえがきからして、いきなり抽象的な話になっている。こういう話を聞いたり、このような文章を読んだりすると、多くの人は眠くなってしまうだろう。それは日常、具体的な刺激ばかりに囲まれているから、抽象性を求める感覚が退化している証拠だと思ってほしい。この感覚がすぐに蘇生することは難しく、時間がかかるだろう。ときどき、具体的な話題も交えて語っていかないと、本を読んでもらえなくなるので、少々具体例を挙げてみよう。抽象的な話は上品であり、具体例を示すとたんに下品になってしまうが、ご辛抱《しんぼう》いただきたい。

たとえば、二つの国が一つの島を自分の領土だと主張して譲《ゆず》らない、というような問題を考えてみよう。世界のどこかに（あるいはどこにでも）、そういう問題は必ずあるはずだ。何十年もそれで争っている。こうして、少し引き気味に書くと、いかにも馬鹿げたことに見えてくるが、近づいてみると、のっぴきならない事態に巻き込まれるだろう。

さて、こういうとき、貴方は、どう考えるか？

「自分の国の領土に決まっているじゃないか」と声を荒らげる人が多いことだろう。「相手の国の意見など聞くだけ無駄《むだ》である。弱腰では、どんどんつけ入られるだけだ。とことん主張し、徹底的に争うべきだ」となる。この問題も、実は相談を受けた経験が幾度《いくど》かある（研究室には、中国人も韓国人も沢山在籍していた）。きっと、森博嗣は（あるいは、指導教官は）どう考えているのか、と知りたかったのだろう。

簡単だ。僕にはわからない。僕は、歴史的な資料を自分で調べたこともないし、詳しい事情を知らない。どうして、この程度の知識で、どちらが正しいと言えるだろうか。

そこで、みんなに尋《たず》ねてみる。貴方は、どんな証拠に基づいて発言しているのか、と。すると、ほとんどの人は、なにも知らないようなのだ（僕よりも知らない場合が多かった）。知っているつもりになっている人でも、詳しくきいてみると、知識は受け売りだったり、根拠となる資料が一方的なものだけだったりする。客観的な考えに基づいた意見というものは、書物にも、新聞にもない。どこにもない。考えてみたら、この種の問題は、そもそもそういうものなのかもしれない。

僕には一つアイデアがある。お互いの国で、その島が相手の国の領土だと主張する学者（専門家）を探す。少なくとも、その学者は、自国の国益を棚上げしているだけでも、普通の人より客観的だろう。マスコミには、こういう人の意見はけっして紹介されない。マスコミもまた客観的ではない証拠である。

さて、お互いの国から、そういう学者を出し合って、会議をさせるのである。それぞれが、「この島は、貴方の国の領土です」という議論を戦わせることになる。それを公開して、両方の国のみんなで見ると良いだろう。

「馬鹿馬鹿しい」と一笑《いっしょう》するのは簡単である。しかしたとえば、喫茶店の伝票を奪い合い、「いや、ここは私に払わせて下さい」という光景は珍しくない。人間は、相手に譲る「美徳」というものを知っている。これができる動物はほかにいないだろう。こんな議論を見れば、多くの人が人間としての優しさを思い出し、穏やかな気持ちになれるのではないか。

「そんなものは理想論だ」と言う人も多いと思う。そのとおり、理想論だ。できるだけ理想を目指す、ということが客観的で抽象的な思考の目的であるし、僕の理想でもある。理想が悪いはずはない。悪ければ、理想ではなくなるのだから。

感情的にならないように

別の例を挙《あ》げよう。最近二冊ほどの著書で、僕は「原発の事故によって、原発は従来よりも安全になるだろう。これまでよりも原発に反対する理由は少なくなった」と書いた。これに対して、反原発の人から数件の抗議をいただいた。ただ、それらには「理由」が書かれていなかった。単に、「学者なのにこんなこともわからないのか！」「子供が泣いている」「結局は、御用学者なのか」というような感情的な言葉しかなかった。

僕は、原発に大賛成をしているわけではない。なにしろ、反対か賛成かをはっきりと決められるほど、僕は原発に詳しくない。主観を交えた感覚としても、反対か賛成かほとんど五分五分だった（今回の事故で、少しは安全になるだろうから、賛成が五十五パーセントくらいかな、と書いたこともある）。

職業柄、原発関連の研究をしている人とつき合いはある。原発を見学したことも三度ある。工事中のものを見たり、安全性に関する実験に参加したこともある。原発の本は何冊も読んだ。特にここ一年で二十冊以上読んだ。賛成の意見も反対の意見も、どちらも同じくらい読んでいる。

ところが、反原発の人の中には、僕が書いた本に対して「こんな本を読んではいけない」と主張する方がいる。自分と反対の意見に耳を塞《ふさ》ぐというのは、よほど自分の意見に自信が持てないのだろう。そもそも自分の意見があるのか、と疑いたくもなる。意見交換会や公聴会などで、原発推進派を閉め出すようなことがあってはならない。怒ったりするのも変だ。こんな大事なことを、感情的に争って良いはずがない。

人を大勢集めて、「こんなに大勢が訴えているのに」と主張する。よく見ると、小学生とか、もっと小さな子供まで巻き込んでいる。そういうやり方をしなければならない理由が、僕には理解できないのである。もう少し客観的な立場でものを見てほしいし、そこまで反対する「理由」を詳しく聞かせてほしい。それを聞く耳を、ダンボのように大きくしているつもりだが、いまだにどこからも聞えてこないのが残念だ。

勘違《かんちが》いしないでもらいたい。僕は、理由を知りたいのだ。原発を推進しろと言っているのではない。どうか、そういうものの見方をしてほしい、と願うだけである。

何故、抽象的になることが必要なのか

さて、ここまでは、まだ「客観的」な考え方である。個人の立場というものを一旦忘れて、より高い、グローバルな視点に立つ、という意味だ。では、「抽象的」な考え方

とはどんなものだろうか。

さきほどの二国間の争いを抽象化すると、二つのグループが、あるものについて自分の所有物（あるいは権利）だと主張し合っている。いずれにも、自分のものだという決定的な証拠はそもそもない。歴史的にどうだとか、過去に一度取り決めがあったとか、既に現在自分たちが使っているとか、いままで文句を言わなかったじゃないかとか、そういうことを主張しているだけである。そんなことを言ったら、日本列島は、何をもって日本の国土といえるのか？　みんなが生まれるまえから土地はあったけれど、生まれるまえの約束に何故《なぜ》拘束されるのだろう？

たとえば、土地の境界線を巡《めぐ》る争いならば、先祖代々俺の家の土地だ、杭《くい》がどこにあるのか、その杭を勝手に動かしただろう、以前は杭はここにあった、というような言い合いである。

やや抽象度が不足しているが、まあ、こんな具合に、具体的なものを遠ざけ、問題を一般化することが「抽象化」である。どこの島のことか、どこの国のことかも忘れて考える、という立場で初めて見えてくるものがある。「領土問題」ではなく、「領土問題みたいなもの」を考えるのである。

そもそも何故、お互いのグループの構成員は、自分たちのグループの持ち物を増やそうと考えるのか。誰が、「それは自分たちのものだ」という情報を作っているのか。さらには、その「自分たちのもの」という意味は何なのか。グループのものだと、個人的にどんな利益があるのか。なんとなく感情的に考えていた問題を、こうしてどんどん抽象化していくことで、少なくとも冷静に捉えることができるようになるだろう。

抽象化をすることで、問題を全体的に捉えることができ、まったく別のいろいろなものに当てはめることも可能になる。それだけではない。たとえば「国境」とか「境界線」というのは、いったいどういうものなのか、という定義や言葉の意味にまで行き着くだろう。境界というのは、数学的には太さのない線であるが、現実に太さのない線というものは存在しない。国境が陸地にある（ヨーロッパ諸国のような）場所では、実際には「この辺り」としか認識できないはずだ。そもそも、地面は不変ではない。地殻変動があるし、大陸だって動いているのだ。

たとえばの話だが、国境線というのは太さが1キロメートルくらいあっても良いではないか。世界地図に書かれている線は、それくらいの太さは優にある。その線の上は、「オンライン」だから、どちらの国でもないか、どちらの国でもあるのか、を決めてはいかがか。「そんなに簡単にいくか」と怒りだす人がいると思うが、もう少し落ち着いて柔軟に考える姿勢は、けっして両国の不利益ではない。どんどん線を太くしていって、もう「国」というものをやめましょう、というくらいグローバルな政治家が現れないものだろうか、と僕は期待している。人類の未来が少し明るくなるだろう。

この本で語りたいこと

「人間は、いろいろな問題についてどう考えていけば良いのか」ということを、これから語ろうと思う。ただ、主観的で具体的な考え方は、もうみんなが知っていることだし、「論理的思考法」というような沢山の本で説明されているところだから、今さら書く必要がない。人間としてのバランスを取るためには、その反対側にある客観的で抽象的な考え方が必要であり、これについて書く。

できれば、多くの人に、個人としてバランスの取れた冷静な人間になってもらいたい。その人の品格も上がるだろうし、そういう人が増えれば、自然に社会の品格も向上するだろう。それは結果的に、人類の平和に繋《つな》がるはずである。

そこまで大きな問題か、というと、僕はけっこうそう信じているのである。

人間はいろいろな問題についてどう考えていけば良いのか＊目　次

第1章　「具体」から「抽象」へ

「抽象的」とは「わけがわからない」という意味ではない

読者の中には、上司などから「なにか具体的な案を考えてこい」と言われた経験がある人がいるのではないか。どういうわけか、世間一般では、「具体的」がとても良い意味で使われているのだ。それは、ぼんやりしたものではなく、しっかりと考えたもの、ちゃんと調べたもの、実際に役に立つような現実性を持ったもの、といったイメージだろうか。この反対の「抽象的」とは、曖昧《あいまい》でわかりにくいもの、まだきちんとまとまっていない考え、実現が遠いもの、単なる絵空事、とイメージする人が多く、「抽象的」は「いけないこと」だ、という感覚が広く浸透しているように見受けられる。

たとえば、「もっと具体的に説明してくれ」と要求されることは多いのに、「もっと抽象的に話してくれ」と言われたことがある人は、まずいないだろう（実は、研究者の間では、このように言うことがあるし、有名な数学者が弟子にこう諭《さと》したという逸話も聞いたことがあるが）。

抽象画というのは、わけのわからない絵のことだ、と認識している人が多い。それどころか、「抽象」という言葉を、「抽象画」以外では使わないという人だっている。「具体的」という言葉の使いやすさに比べて、「抽象的」という言葉は使いにくく、馴染《なじ》みがない。意味がよくわからないからだろう。

抽象画というのは、具象画ではない絵のことだが、では具象画とは何かといえば、それは目に見える物体を見たままに描いた絵のことで、その絵を見た人の多くが、「ああ、これは山の風景だ」とか「綺麗《きれい》な花だな」と対象が何かわかるものをいう。そんなところから、理解できるものが具象画であり、理解できないものが抽象画だと考えている人が沢山いる。「抽象的」の意味も、この抽象画の「わけのわからなさ」に引きずられてしまっているようだ。

絵画というものは、もともとはすべて（たぶん）具象画だった。何故なら、絵の目的は、見たものを記録するためであったし、それを他者に伝達するためだったからだ。この場合、他者に「それが何か」をわかってもらわないと意味がない。

しかし、現代アートは、このような目的をもはや持っていない。芸術として描かれる絵は、それが何を描いたものかを伝えるためにあるのではなく、作者がどう感じたのか、ということを訴えるものになった。どう感じたかというのは、「山だ」とか「花だ」という具体的なものではなくて、たとえば「凄《すご》い」とか「綺麗だ」という感情である。個人の感情を言葉ではなかなか言い表せないが、それを絵で表現するのだ。ある芸術家は、具象画を描いて、自分が見たものを素直に他者にも見てもらいたいと思うし、また別の芸術家は、自分が感じたものそのものを絵にしようとする。「凄い！」という感動を絵にするのである。これが抽象画だ。その絵を見た人が、「凄い！」と感じれば、気持ちは伝わったことになる。何が描いてあるのかわからなくても、ただ「あ、綺麗だ」と感じれば、それが抽象画が伝えたかったものかもしれない。

「抽象」とは「ものの本質」に注目すること

辞書を引いてみよう。「抽象」というのは、「事物または表象のある側面・性質を抽《ぬ》き離して把握すること」とある。このとき、大部分の具体的な情報が捨てられるので、

「捨象《しゃしょう》」という行為が伴う。中身の食べられるところだけを抜き出して、外側の皮の部分を捨てる、と考えるとわかりやすいだろう。

どうして、このように情報を捨てるのかというと、そうすることで、何が本質かがわかりやすくなったり、別の多数のものにも共通する一般的な概念が構築しやすくなるからだ。

一例を挙げれば、数字がそうである。世の中にあるものを、ひとつ、ふたつと数えることを人間は思いついた。数えるものが何であるか、個々に差異はあっても拘《こだわ》らず、そういった具体的な情報を一旦捨てて、個数として取り扱う。そうすれば、数の計算を行うことができる。これが数学だ。数学というのは、ものごとを極限まで抽象化した考え方といって良い。世の中にある諸問題は、数学のとおり簡単にはなかなかいかないが、しかし、それでも我々は、数の計算ができることで、複雑な事象を比較的楽に処理できるようになった。

抽象化するときに失われた情報は、不要だったわけではない。綺麗さっぱり忘れてしまえ、というのではなく、一旦それを棚に上げて考えてみよう、という意味だ。そうしないと、見かけの複雑さに囚《とら》われ、問題の本質が見えにくくなり、結果的に判断を誤るからである。

林檎《りんご》が幾つかあったとき、それを二人で分けるために個数を数える。実際には、それぞれの林檎は大きさも違うし、もしかしたら腐っているものがあるかもしれない。けれども、そういった情報を捨てて、ひとつ、ふたつ、と数えられるような「ほぼ同じもの」だと仮定するわけである。この「仮定」こそが、人間の高度な思考の一手法といえるものだ。

頭の良い人間でも、一度頭に入ったものを「忘れる」ことは簡単ではない。客観的に考える場合には、自分の経験や知識や立場を忘れる必要があるし、抽象的に考える場合には、表面的なもの、目の前に見えているものに囚われないことが大切である。これはたしかに難しい。でも、できないわけではない。人間にはそれだけの能力がある。これができるから人間だ、といっても良い。

身近な例でいえば、「相手の身になって考えること」は、人間以外の動物にはほぼ不可能だろう。しかし、人間にはそれができる。どうしてできるのかというと、人間は「想像する」ことができるからだ。この「想像すること」が、人間の思考の大きな特徴であり、さきほどの「仮定」も、一種の想像である。

「抽象」するためには「想像」が必要

想像というのは、現実にないもの、見えないもの、経験したことがないもの、今直接には関係のないもの、そういう未知で不在のものを考えることである。これは、主観的なもの、具体的なものに囚われていると難しい。何故なら、想像する行為が、現実認識にとって障害になるので、逆にこれを規制（自制）しようと生理的に働きかけるからである。つまり、自分が想像するのを、自分で邪魔するのだ。

荒唐無稽《こうとうむけい》な夢を見ることは、誰にだってできる。特に子供の頃には、そういう夢を頻繁に見たはずだ。子供は、夢でなくても、現実離れしたことを考える。それを大人に話すと、「そんな夢みたいなこと言うな」と叱《しか》られるから、だんだん周囲との折り合いをつけるようになる。この折り合いが「常識」である。常識が備わってくると、想像力は鳴りを潜《ひそ》めざるをえない。想像したものを自分自身で否定するうちに、だんだん考えないようになる。想像力を使う機会が、普段の生活では滅多《めった》にない、といっても良い。想像力など働かせなくても生きていけるし、むしろ変なことを考えない方が生きやすい、とさえいえるかもしれない。

しかし、物事を客観的に、そして抽象的に考えるには、どうしても現実から飛躍する必要がある。それは、実際には個々に違いがある林檎を、同一のものとしてイメージすることと同じだ。そういう「仮の発想」がなければ、物事を抽象的に捉えられない。また、自分の目ではない視点を持たなければ、客観的な全体像は見えてこない（想像できない）。さらに、現実にない概念を捉えるには、体験したもの、教えられたもの、知っているものに囚われることのない新しい感覚を持っていなければならない。これには、異質なものを受け入れる「好奇心」のような姿勢がとても大事なファクタになる。

「抽象」の大切さ

こういった話をすると、「そんなもの本当に大事なのか？」と疑う人も多いだろう。そこで、あえて卑近な話をすれば、その抽象的思考によって生まれるユニークなインスピレーションは、貴方を金持ちにし、自由にし、そして人から尊敬される立場をもたらすだろう。これは、多くの偉人、成功者に共通するものだといっても良い。このように具体的に表現すれば、興味が湧《わ》くだろうか。

富も自由も羨望《せんぼう》もいらない、という人もいる。そういう人には、想像力など不要か。

否《いな》、そんなことはけっしてない。想像力を駆使することによって、客観的に考え、抽象的に物事を捉えることができれば、各種の苦境から自分を救うことができる。ちょっと考え方を変えるだけで、救われることだってある。ここが、是非とも強調しておきたいところである。僕の友人には、自殺してしまった人が数人いる。周囲の誰も、彼らを救うことができなかった。たぶん、彼ら自身しか、救えなかっただろう。多くの場合、自殺する人の思考は、主観的であり、具体的すぎる、と僕は感じている。

「抽象」を具体的に説明する

では、「抽象」について、もう少し具体的に説明してみよう。具体的に話す場合には、「例を挙げる」ことになるので、たいてい「たとえば」で始めて、あくまでも「一例」であることを示す。これは、非常に狭い限定された範囲に目を向けることであり、だからこそ「焦点」が合う。逆にいえば、周囲の広い範囲は見えなくなる。

たとえば、小説を読んで、あるキャラクタが好きになったとする。このキャラクタのように自分もなりたいと憧《あこが》れる。ここまでは、かなり抽象的である。もう少しディテールを見てみると、そのキャラクタというのは、三十代の大学の先生で、考え方がいかにも理系的だ。だから、自分も三十歳になるまでに、理系に進み、大学の先生になろう、と考える。そのキャラクタがコーヒーが好きなら、自分もコーヒーを飲むことにする。話し方も真似《まね》る。

こういった事例は、けっして珍しいことではない。スターが着ているものと同じブランドのファッションが売れたりする。テレビでたまたま見かけた料理を食べたくなる。大衆というのは、ここまで影響されやすいものか、と僕などは驚くばかりだ。もちろん、悪いことではない。そういうのも個人の自由である。

このように、自分が好きなものが、どんな外見なのか、という「見える」特徴が、つまり「具体的」なものの代表といえる。これらを忠実に取り入れることによって、ではその大好きなキャラクタに貴方はなれるだろうか？ 実はそうではない。何故なら、同じ三十代で大学の先生で、コーヒーが好きな人でも、貴方が大嫌いだと思うようなタイプの人物がいるからだ。その条件を満たす人間はかなり沢山いる。人間のタイプは、そんな外面だけでは捉えられないことは自明だろう。

では、貴方はそのキャラのどこが好きなのか？ それは、生き方だったり、考え方だったり、人に対するちょっとした反応だったり、あるいは人生そのものだったりする。

簡単に「ここです」と説明ができるものではないかもしれない。ただ、なんとなく「そういう人」が好きだ、ということは確かなのだが。

このとき、「そういう人」という貴方の頭の中にある漠然とした概念が、すなわち「抽象」なのである。これは、人に伝達できないかもしれない。いろいろな場面でどう行動したのかというシーンを幾つか話して、「だいたいそういう人なんだ」とぼんやりとした印象を伝えるしかないだろう。

抽象的なことを伝えるには

この漠然とした人物の印象を人に伝えるとき、小説のキャラクタというシンボルがあると、とても便利だ。そのキャラクタの名前を出して、「○○先生のような人」といえば、その小説を知っている人ならば伝わるかもしれない。当然ながら、たとえ同じ小説を読んでいても、同じキャラクタに対して各自が違った印象を持っているはずだから、正確にイメージが伝わっている保証は全然ない。ただ、その場の「言葉」が通じるだけの話である。

この「〜のような」というよく使われる表現が、抽象的なものを示す機能がある、と意識している人はあまりいないかもしれない。しかし、たとえば、事件を報道するニュースで、「バールのようなもので金庫を壊されていた」と言っているのを聞いたことがあるだろう。これは、バールとは限らないが、結果から判断して、バールに相当するような機能を持ったなんらかの道具を使った、と推定しているのである。バールかどうか、具体的にはわからないが、「機能」という本質的なものだけを抽出して述べているわけだ。似たもので、「○○風の男性」などもよく耳にするだろう。

「バールのようなもの」と表現することで、他者にだいたいのイメージを伝えることができる。それくらいの破壊力を持った道具らしい、という認識を比較的簡単に持ってもらえる。捜索の段階で、バールでないものを見つけた場合にも、「あ、もしかして、これでも可能だな」と判断ができる。単に「バール」と具体的に限定してしまうと、ほかのものを見過ごすかもしれない。このように、具体的ではなく、抽象的な表現による伝達が有利なことは、実は非常に多いのだ。

ここで注目したいのは、「バール」よりも「バールのようなもの」の方が集合として大きいということ。つまり、抽象化することによって、そこに含まれる対象の数が多くなる。適合する範囲が広くなるために、焦点が合わず「ぼやけた」感じがするけれど、逆にいえば、いろいろなものに適用できる可能性が広がる。

「〜のような」とつけ加えただけで、抽象化されるのは何故だろう。これは、そもそも言語というものが、コミュニケーションの行き違いを防ぐために、意味を限定する性質を持っているからである。言葉は、たとえ抽象的な概念を示すために生まれたものであっても、その言葉が一般に流通するときには、ある程度の「定義」がなされる。言葉の意味をみんなで確認し合い、こういう意味に限定しよう、と決めるわけである。このとき、言葉は具体的なものになる。たとえば、初めて発見されたものは、当初「〜のような動物」とか、「〜に似た植物」といったように抽象的に表現されるが、その存在が多数の認めるところとなると、しっかりとした定義を決めて、新しい名前がつけられる。多くの言葉は、このような洗礼を受けたうえで広まるのである。

イメージを限定しない

「〜のような」をつけることで、この「定義」の堅苦しさを捨てる、すなわち捨象しているわけだ。子供は言葉を沢山覚えて大人になるが、言葉を覚えることで、本来は抽象的に捉えていたイメージが、だんだん言葉という記号で代替されるようになる。言葉さえ覚えていれば、試験問題の四角の中に答を書き込むこともできる。それ以外のものは無駄だ、とばかりに忘れ去られてしまう。

子供の頃に読んだ物語や、最初に読んだ小説は、よく覚えているものだ。読むのに時間がかかったけれど、自分の中でイメージをしっかりと描いて受け止めている。しかし、だんだん文章が速く読めるようになる。これは、読む能力が増したように錯覚する人が多いが、そうではない。言葉が表していたはずの元のイメージを頭の中で展開せず、ただ言葉を鵜呑《うの》みにして処理するようになっただけだ。こういった状態で読んだものは、次第にインパクトが薄くなるし、すぐに忘れてしまうようにもなる。本を沢山読む人、読むのが速い人ほど、この傾向があるように観察される。

具体的なものというのは、最初は物事に付随する沢山の情報として提示されるが、そのうちにごく少数の言葉で、それを記憶し、伝達し、そして思考するようになる。言葉も具体的なものの一つである。覚えやすいし、伝わりやすい。それ以外の多くのイメージ、あるいはディテールはしだいに失われる。

そんな「言葉」に比べて、「～のようなもの」という漠然としたイメージは、覚えにくく、伝えにくいが、それを受け止めた人の頭脳が、展開し、想像し、補完するため、情報としてはむしろ多くを伝え、時間が経っても多くのイメージが結果として残る。

どんなものにも、いろいろな面がある。だから、少数の言葉でイメージを限定しないことが重要なのだ。

抽象的にものを見る

しっかりと見えているもの（ピントが合っているもの）を、わざと目を細め、ぼんやりと見てみよう。そうすると、そこにあるものを抽象的に捉えることができる。知合いの人を見ているときでも、目を細めてみれば、もう誰なのかわからない。ただ、ぼんやりと、一人の人間がそこにいるとしかわからない。ときには、そういったぼんやりとしたものの見方が必要になるのである。

たとえば、その人の行為が問題になっていて、それが許されることなのか、それとも責任を追及すべき悪事なのか、を判断しなければならないとき、自分とその人の関係を一旦忘れて、一人の人間として見る必要がある場合が多い。貴方がもし裁判官だったら、そういう目が常に不可欠だろう。

抽象的にものを見ることのメリットの一つは、このような「客観視」にある。別の言葉で言えば、「公平性」である。

「結局のところ、これは単なる個人と個人の喧嘩《けんか》なんじゃない？」とか、「冷静になって考えてみると、今現在の問題だけでいがみ合っているのではなくて、もっと以前から尾を引いているものがあるようだ」というようなもの言いをするとき、「結局のところ」や「冷静になって考えてみると」というのは、上記の「ぼんやりと見る」視点で客観的に捉えたら、と同じ意味なのだ。

抽象化したものは広く応用がきく

抽象的にものを見ることで得られるメリットが、もう一つある。どちらかというと、僕はこちらの方が有益だと思う。

それは、抽象化によって、適用できる範囲が広がり、類似したものを連想しやすくなることである。これによって、ある知見が、まったく別のものに利用できるチャンスが生まれるし、また、全然違った分野から、使えるアイデアを引っ張ってくることも可能になる。思い当たることがある人は、きっと抽象的思考が既にできているといえる。

どういうことなのか、わからないという人も当然多いことと思う。「それは具体的にどんなことなのか?」とついききたくなっただろう。

問題を解決する発想

社会で生きていると、ときどき問題にぶつかることがある。ほとんどの場合は、努力によって解決できる。つまり、時間と労力をかければ問題は消える。それができないときでも、どうすれば良いのか、と誰かに助けを求めれば、たいていのことは解決する。人間の社会は、お互いに助け合う仕組みを備えているから、それほど「考える」必要に迫られる問題は発生しない、ともいえる。もちろん、不幸な事故、あるいは災害、病気などによって起こる問題で、考えたところで簡単に解決できないものも多いが、それでも、被害を最小限にするために、いつも最善の道を探って、人は生きているのである。

問題というと、学校のテストとか、クイズのようなものを連想する人もいるだろう。あの類《たぐい》のものは、たしかに「考える」必要がある。テストの問題の大部分は、「知識」を問うもので、覚えたことを思い出し、習った法則に当てはめて適切なものを選択することになる。

ただし、数学やクイズの一部には、そういった種類とは一線を画する問題が存在する。

それらは、知識にも関係がなく、また、適用できるような法則もない。思い出すこともできず、どういった理屈で計算すれば良いのかもわからない。

わからないので答を聞くと、「あ、なるほどね」と一瞬にして「わかる」ことが多い。けれども、ではどうやってそれを考えれば良いのか、という道筋は、やっぱりわからないままだ。偶然に答を思いついた人だって、それはわからない。「どのようにして、そういうアイデアを思いつくのか」と尋ねられても、「いや、考えていたら、なんとなく思いついた」としか答えられない。これをこう計算し、これこれこういった理論によって導いた、という筋道がないからだ。

数学が得意な人の思考は、このような「出所のわからない発想」が、問題を解く思考の出発点になっている。思いついたものを確かめるための計算が、もちろん必要だから、発想力だけでは正解には至らないが、しかし、発想がなければ、何をどう考えて良いのかさえわからない。

この「発想」すなわち、「思いつく」ことは、実は一般に認識されている「考える」とは、まったく違った頭脳活動なのである。だから、「考えればわかるだろう」と言われて考えてみても、計算する、論理的に導く、手法を当てはめる、過去の知識や経験を思い出す、最適なものを選ぶ、というような普通の「考え方」では実現できない。

抽象化が「発想」を促す

発想というのは、論理のジャンプのような行為であって、筋道のないところへ跳《と》ぶ思考ともいえる。当然ながら、それは「非論理的」である。発想には、想像力が必要のように思えるが、では、想像してみよう、と言われても、なにをどう思い浮かべれば良いのか、さっぱりわからないだろう。

想像というのは、ないものを思い浮かべることだが、まったくないものを突然頭にイメージすることは極めて難しいし、また、できたとしても、無関係で使いものにならない無駄なことばかり思いついてしまうだろう。全然関係のないものではなく、少しは掠《かす》っていなくてはいけない。つまり、なんらかの「ヒント」になりそうな、なにかしら「関連のあるもの」を思いつければ、ヒットの効率が高まる。

ようするにここが、「バールのようなもの」を探す行為と似ているのである。犯罪が例ではいささか面白くないので、たとえばこんなケースを考えてもらいたい。

部屋の整理をしていて、ちょっとした棚を作れば本がもう一列並べられることを発想したとしよう。板は手持ちがあるが、その板を支えるものが必要だ。これをホームセンタへ買いものにいく友人に、ついでにこんなものを買ってきてほしい、と依頼することになった。「L型金具と木《もく》ネジ」という具体的な依頼をすれば目的が達せられる可能性が高い。しかし、その名称の商品がもし店になければ友人は買ってこない。寸法を指定した方が間違いがないけれど、それには具体的に図面を描いたりして、いろいろなことを決定しておく必要がある。しかも、そのような具体的な指定をすれば、その寸法でないものは使えない、と判断されるだろう。

一方、自分の部屋の状態や手持ちの板などを友人に見せて、「こんなふうにしたい」という事情を理解してもらう。すると、金具でも良いし、支えとなるブロックや棒でも可能かもしれない、となって、選択肢はぐんと増える。

このとき、「これがこんなふうに上手くできそうなもの」というのが抽象的な依頼のし方である。言葉では、「支えになりそうなもの」「金具のようなもの」というくらいがせいぜいだろう。

抽象化は思考を要求する

この抽象的な伝達は、上手くいけば、自分が想像していたものよりもさらに良いアイデアを得ることだってできる。友達がたまたま便利なグッズを店で見つけて買ってきてくれるかもしれない。これは、「この寸法のこの金具を」と具体的に依頼したときには、けっして得られない結果といえる。

ただ、依頼された側の友人は、ホームセンタで少なからず悩まなくてはいけない。使えそうかどうかを判断しなければならないし、万が一駄目だったときに責任を問われる。もしこれが、仕事として依頼するような（たとえば、契約を結ぶような）ものだった場合には、具体的に指定をしなければ、あとでトラブルになる。だから、仕事では具体的な指示や約束が重要視されるのである。

友人に依頼するのではなく、自分でホームセンタへ行くことを考えてみよう。この場合は、言葉で伝達する必要もなく、また事情を誰かに説明したり、理解してもらう必要もない。ホームセンタにある商品を眺《なが》めながら、自分で考えれば良い。そこにある品で使えそうなものを見つける作業になる。また、もう少し好奇心があれば、全然違うジャンルでも面白そうな品物に目が留《とま》るかもしれない。こうしたものをあれこれ見ていくうちに、問題をどう解決すれば良いのかを考える。たとえば、棚に拘る必要もない。箱に入れるとか、まったく別の方法を思いつくかもしれない。「棚を作る」と決めてかかる必要も本来ないのでは、と気づく。

メリットとデメリット

抽象的思考というのは、このように、最初から限定し、決めてかかるのではなく、ぼんやりとした広い視野を持って、「使えそうなもの」「問題を解決しそうなもの」を見つけることにほかならない。メリットとしては、選択肢が自由になり、より適切な解決が得られる可能性があること、また、デメリットとしては、考えるのが面倒であること、が挙げられる。

抽象的思考が生み出す「型」

この「使えそうなものを探す目」というのは、誰もが持っているものだろうか。もちろん、個人差はある。最も差が表れるのは、経験だろう。つまり、過去に同様の問題を解決したことがあれば、「あんなふうにまたできないか」というヒントの雛形《ひながた》を自分の中に既に幾つか持っている。それらは、まったく同じ条件ではなくても利用できる。手法的に似ていれば、「同じように」適用して解決できるのである。

たとえば、一つのもので解決しようと考えていたが、二つのものを使えばもっと簡単にできた、という経験をした人は、次からは、一つのものに拘らなくなるだろう。過去に自分が持った発想が、抽象的な「型」あるいは「様式」になって、次の発想のヒントになる。抽象的に考える人ほど、この型を沢山持っていて、どんどん問題解決能力が高まる理屈になるのだが、実はそうとばかりもいえない。

それは、自分が過去に発想した「型」や「様式」に囚われるようになるからだ。型の数が増えるほど、その型の再利用で問題が解決できる機会が多くなり、そうなるともう新しい発想を生み出す姿勢が失われる。

また、自分自身が発想したものではなく、人から教えられた「型」も、その人の考え方を縛《しば》る結果となる。学校で子供たちに算数の問題を解く方法を教えているが、「つるかめ算」という型を教えることによって、その子供は、それをヒントにした発想をしなくなる。学校の算数では、その型がそのまま適用できる問題しか出ないから、それでテストの点が取れるし、自分は頭が良くなったと自覚できるだろう。しかし、これでは発想を経験させない教育になってしまう。

つるかめ算が凄いところは、「もし、つるの脚が四本だったら」と想像するところにある。そんな四本足のつるはこの世にいない。それでも、問題を解くために、それを想像するのが人間の「凄さ」なのである。痺《しび》れるくらい凄まじい発想ではないか。この凄まじさを体験することこそが、算数の醍醐味《だいごみ》であり、教育の本質といって過言ではない。考えただけでも、身震いするような素晴らしい体験になるだろう。子供たちにこの「痺れるくらい凄まじい体験」をさせられる算数の先生はいるだろうか?

アイデアはどこから来るのか

自由にものを考えることは、非常に高度な頭脳活動である。この世にないもの、ありえないもの、まったく無関係なものでも、突然頭に思い浮かべることができる。それらをつぎつぎ取り出して、使えるか使えないかを取捨選択していく。これが、アイデアを思いつくプロセスである(言葉にすると、こんな味気ないものになる)。

このプロセスのうち、後半の「使えるか使えないか」を確かめる思考は、計算であり、論理的な推測である。この作業は、本人ではなく他者、複数の人たちの協力を得ることもできるし、ほとんどの場合、コンピュータによる支援が可能だ。一人の頭脳でやるよりもその方が速い。しかし、前半の発想する作業は、個人の頭脳でしかできない。事情を正確に理解した他者がいれば複数で議論をしたりすることも可能だが、発想するのはあくまでも個人的な行為である。

手当たり次第ランダムに思い浮かべるのではなく、近いもの、似ているもの、というようなイメージで見回していく。すなわち、使えそうなものは、頭の中では「近い」場所にあり、「似ている」ものなのだ。この場合の「近い」というのは、世間一般のジャンルではない。その人の頭の中で近いところに置かれている、という意味である。また、「似ている」というのも、形なのか色なのか、機能なのか、わからない。その人が捉えるイメージの雰囲気が類似しているのである。

いろいろなものを抽象的に捉える人は、日頃から、抽象的にものを見ているから、頭の中に、それらがぼんやりとした広がりをもって収まっている。ぼんやりとしているため、ほかのものとリンクしやすい。なんとなく、あれが近そうだ、どことなく似ていないか、というように連想され、紐《ひも》を手繰《たぐ》り寄せるように、頭の中から引っ張り出されることになる。発想をする以前にも、この種の連想を繰り返しているので、なんとなく関連のあるものが、「近く」に置かれ、「似ている」ものとして認識されている。だから、いざというときに取り出せるのである。

多くのアイデアというものは、こういう理屈のない、筋道のない発想によって生まれる。これは、物理学や数学の偉大な発見においても、同じだっただろう。あとになって、「樹から落ちる林檎を見て気づいた」というように、ヒントとなった理屈が語られるけれど、林檎はまったく無関係なものだ。ただ、単に、たまたまニュートンの頭の中で、それが「近く」に落ちたのである。

アイデアのための備え

ときどき、「人の考えないことを考えろ」などと無理なことを言う人がいる。優れたアイデアが、誰も考えもしなかったものだから、このようなもの言いになるのだろうけれど、そもそも、そんな「やろうと思ってできる」ようなものではない。なにしろ、「手法」もなく、頭の中でも道筋はない。ただ突然、ふと成《な》し遂《と》げられているものなのだ。

抽象的思考には、具体的な手法というものは存在しない（そもそも相反《あいはん》している）。

日頃から、抽象的にものを見る目を持っていること、そうすることで、自分の頭の中に独自の「型」や「様式」を蓄積すること、そして、それらをいつも眺め、連想し、近いもの、似ているものにリンクを張ること、これらが、素晴らしいアイデアを思いつく可能性を高める、というだけである。

したがって、短期的な努力や練習によっても、すぐに「思いつける頭」になれるわけではない。長い時間をかけて、少しずつ自分が変化するしかない。たった今からそれを目指し、いつも意識して、抽象的に考えよう、と自分に言い聞かせていなければならない。非常に面倒なことなのである。ただし、それを続けていると、自然に頭が馴染んできて、だんだんできるようになる。人間には「慣れる」性質があるためだ。

なにか関係のあるものを思いついて問題を解決するというのとは逆の方向性になるけれど、ふと思いついたことを、将来なにかほかのものに応用できないか、とそのつど考える癖《くせ》を持つことも大事だ。目の前に問題がないときでも、使えそうなものをストックする。そんな思考の「備え」というべき習慣を持つと良い。

たとえば、庭仕事をしていて、自分が大事にしている植物のために肥料をやっているとする。肥料をやるとたしかに生育が良くなる。やりすぎもいけないが、適度な量を、適切なときに与えると効果が大きい。その適切なときというのは、その植物がもともと生長するシーズンにほかならない。つまり、植物が休んでいるときや、勢いがなくなったときに肥料をやっても効かない、ということが観察できる。こういう経験をしたとき、植物の育て方だけではなく、このような傾向がほかのものにも見られないか、と考える。たとえば、仕事ではどうだろう。業績が上り調子のときに、なんらかのカンフル剤的なものを投入すると効果があるが、業績が下がってきたときに、同じことをしてもたぶん駄目だろうな、と想像することができる。

将来、仕事で上り調子になったそのときに、この自分が考えた教訓を思い出せれば、そのとおりかどうか確かめることができるだろう。あるいは、業績が悪化したときに、新しいアイデアを考えろと言うことの理不尽さも、なんとなく予感できる。新しいアイデアは、もっと早く業績が良いときにこそ出すべきだったのである。忙しくて儲《もう》かっているときに、次の手を打てたビジネスが生き残る。

このように、抽象的な考え方をする人は、何をやっていても、どんなつまらないことでも、なにか役に立つことを見つけるようになる。見つけたことがあるから、役に立ったことがあるから、また見つけようとしているともいえる。

ときどき、ビジネスで大成功しているのに、私生活では遊んでばかりいる人がいる。端《はた》から見ると、それほど仕事熱心には見えない。そういう人は、「遊ぶことで仕事の活力が得られる」とか「遊んでいるときに、新しい仕事のアイデアを思いつく」などと語ることが多い。これなどは、抽象的な頭を持っているから、そういう別分野での発想を活かせる、という意味なのである。

具体的な情報が多すぎる

現代社会は、溢《あふ》れるばかりの情報が降り注ぎ、人々はこれに埋《う》もれてしまっている状態である。広い範囲の具体的な情報に、誰でもいつでも簡単にアクセスができるようになった。知りたいと思ったときに、すぐに知ることができる。ただし、知りたいと思っていないものまで、無理矢理知らされてしまう、という事態に陥っている。また、いったい何が本当なのか、ということがわからない。その理由は、これらの情報が、どこかの誰かが「伝えたい」と思ったものであり、その発信者の主観や希望が必ず混ざっているからだ。濁りのないピュアな情報を得ることは、現代の方が昔よりもむしろ難しくなったといえるだろう。

したがって、「知る」という行為だけでは、なかなか客観的な視点には近づけない。さらにまた、非常に瑣末《さまつ》な知識に大勢が囚われている。そういった身近で具体的な情報に価値があると思い込まされている、といっても良い。実は、それらは身近なもののように偽装されているだけで、「具体的な情報を知らないと損をする」と恐れている人たちに付け入っているのである。

自分が得た情報を、別の情報と照らし合わせたり、理屈を考えて、どうしてこういったものが伝わってきたのだろう、といちいち考える人も少ない。そんな暇はないのかもしれない。しかし、ちょっと考えてみれば、「これはできすぎている」「嘘かもしれない」と疑うことができるはずだし、その情報の陰に隠れている動機、相互関係といったものを類推することもできる。もちろん、真実はわからないが、自分なりの解釈を持つことで、ものの見方は変わってくるだろう。自分なりのものの見方を持っていることが、客観性や抽象性を育てる。

「見えるもの」が既に偏っている

ここまで読んできて、ときどき「あれ?」と思った人もいると思う。「考え方」の話をしているが、「見方」や「捉え方」などとも書かれている。表現として「見方」といった方が近い場合が多いからだ。

客観的思考、抽象的思考というのは、つまり、客観的な見方、抽象的な見方によって始まる。目で見る方法というわけではなく、やはり頭の中でどう捉えるのか、ということだから、「考え方」の一部ではあるけれど、ちょっと違う面を想像してみたり、奥にありそうな見えない部分を想像してみたりする、というのは視点や視野を切り換える感じに似ている。

現実に見えるものの多くは、誰かによって見せられているものであって、その人にとって都合の良いように加工されているため、そのまま受け取ってしまうと、結果として自分の考えに合わない方へ流され、渦の中へ吸い込まれていくことになる。別の言葉でいえば、知らず知らず、他者に「支配」されてしまうのである。

たとえば、ファッションには流行というものがある。今年は何色が流行《はや》る、というような情報が流れている。どうして、そういうものがあるのだろう？　それは、みんなが同じものを買うことが、生産者にとっては高利益だからだし、また、買う方にとっても、考えなくても良い、という利便性があるからだ。このため、流行を知らない人間は、

「遅れている」人であって、間違っていると言わんばかりの印象を捏造《ねつぞう》するのである。

冷静になって考えてみよう

大事故があったせいで、原発反対の声が大きくなっている。事故があって初めて危険性を知った人が多いわけだが、こういう経験をしたのなら、この経験を抽象化して、「事故が起こる以前から、もう少しなにごとも心配をした方が良い」という展開をしたいものである。そうでないと、今回の教訓を活かせないことになる。太陽光発電や風力発電や、新しい技術には危険はないのか、心配はないのか、とどうして今疑わないのだろうか?

活断層の上に原発があるとたしかに危険な感じがする。であれば、活断層の上を新幹線は走っていないだろうか、と何故心配しないのか。大地震があったとき、原発は事故を起こすかもしれないが、そこで直接死亡者が出る確率は低い。現場にいるのは、原発内で働く職員だが、これらの人たちも、また周辺地域の住民も、避難をする時間的余裕があるだろう(現に、今回の大事故でもそうだった)。一方、活断層の上を走る新幹線に乗っていれば、何百人、何千人という命が奪われる可能性が大きい。そういう考えを誰もしないのは何故だろうか？

誤解しないでもらいたい。僕は、原発賛成派でもないし、また新幹線を即刻廃止しろと言っているのでもない。ただ、少なくとも、賛成や反対と声を上げるならば、そういう指摘に対して、きちんと答える、あるいはせめて調べるくらいの姿勢が必要だし、自分なりの意見をしっかりと確認してからにしてもらいたい、と思うだけである。

「どうして、原発は即廃止で、鉄道は廃止しなくても良いのか？」という「疑問」を書いただけで、「福島の人の気持ちをどう思っているのか？」と怒りだす人がいるのだ。僕は、疑問を持ち、それについてなんらかの答を聞きたい、と言っているだけである。どこの国のどの原発の話をしているわけでもない。具体的な情報を調べたわけではない。もっと抽象的な、本質の議論を聞きたいのだ。

「悪いものは悪い。子供たちのために、こんなものを許すことは絶対にできない。反対をしない人間は間違っている。そんな間違った人間の意見など聞いてはいけない」というように聞える。こうなってしまうと、もう一種の人種差別に近い。

ちょっと抽象的に考えてみよう。原発は、原爆のように悪事を働くために存在するものではない。それくらいは認めても良いだろう。電気を作るために、社会のみんなのために作られた装置だ。であるから、「原発をすぐなくせ」と主張するならば、その分なにかで電気を得る方法を提示しなければならない。だから、原発を今すぐ廃止しろと主張する人は、少なくとも、原発に代わる発電方法の安全性を、原発並みにしっかりと確かめる必要があるはずだ。天然ガスや石炭を燃やす火力発電は、ついこのまえまで、「温暖化の主原因であり、地球環境を破壊する悪の根源だ」とバッシングされていたではないか。そこのところの解釈を、僕は聞きたいのである。

もう一度書くが、僕は原発に賛成しているわけではない。活断層の上を走る新幹線に乗るときは、ある程度覚悟をして乗っている。同様に、原発だって、もしものときの覚悟を、みんなは既にしていたのではないのか、ということである。

自由に考えられることが本当の豊かさ

領土問題にしても、「あんな島、向こうにやれば良いではないか」という意見を、僕は何人かから直接聞いた。しかし、そういう意見を、マスコミはけっして伝えない。何故だろう？　日本人だったら、絶対に言ってはいけないことなのだろうか。

ロシアの学者で、北方領土は日本のものだと主張している人がいる。これを知ったときには、「ああ、ロシアというのは、さすがに先進国だな」と僕は思った。成熟した社会であれば、いろいろな意見が出て、それを公開できるはずだし、冷静に、喧嘩腰にならずに、議論ができるはずなのだ。それができないのは、僕には「遅れている国だな」としか思えない。マスコミはもう少し考えて、賢くなってもらいたい。いちいち「日本固有の領土である○○」なんて言わず、「両国がお互いに領土だと主張し合っている○○」と言えば良い。それが客観的な報道ではないだろうか。

もちろん、僕は日本人だから、「あの島が日本のものだったら良いな」とは感じる。でも、そんな希望で話をするわけにはいかない。注意をしてもらいたいのは、「願い」を「意見」にしてはいけない、ということだ。

また、歴史的な経緯があるといっても、それが真実かどうかはわからない。記録が本当かどうかもわからない。たとえ本当であっても、解釈というものがそれぞれにある。たとえばの話だが、日本は第二次世界大戦の敗戦国である。無条件に降伏をしたのだ。無条件というのだから、なんだって要求を呑《の》むのが道理だろう、と向こうは考えているかもしれない。そんなことはない、条約を結んだときに、この問題は解決しているはずだ、などなど、またどんどん深みにはまることになるのである。

「どちらでも良いではないか」という意見だってあるだろう。「そんなに大事なことか」と言う人もいる。なかなかまっとうな感覚だと僕は思うが、それを口に出せない空気がある。その空気が、僕は一番問題だと感じる。

とにかく、最初に書いたように、僕は詳しくは知らないので、はっきりとした意見を持っていない。はっきりとした意見を持ちたいとも思っていないのである。僕には、もっと関心のあることが沢山あって、そちらまで手が回らない。社会では、沢山の人がそれぞれの分野の専門となって仕事を分担している。なんでもみんなで多数決を取る、というのは考えもので、それぞれその専門家が考える方が間違いがない。原発反対の人が多いから原発は廃止すべきだ、という数の理論は成り立たない。それが成り立つなら、税金は安い方が良いということになるし、領土は、人口の多い国のものになるだろう。

大勢の「感情」を煽《あお》って、声を大きくすれば社会は動く、という考え方は、民主的ではなく、ファシズムに近い危険なものだと感じるのである。戦争だって、国民の多くの声で突入するのだ。「国民の声を聞け」というが、その国民の声がいつも正しいとは限らないことを、歴史で学んだはずである。

そこにあるのは、多くの人たちが、物事を客観的に見ず、また抽象的に捉えることをしないで、ただ目の前にある「言葉」に煽動され、頭に血を上らせて、感情的な叫びを集めて山びこのように響かせているシーンである。一つ確実に言えるのは、「大きい声が、必ずしも正しい意見ではない」ということである。

できるだけ多くの人が、もう少し本当の意味で考えて、自分の見方を持ち、それぞれが違った意見を述べ合うこと、そしてその中和をはかるために話し合うことが、今最も大事だと思うし、誤った方向へ社会が地滑りしないよう、つまり結果的に豊かで平和な社会へ導く唯一の道ではないか、と僕は考えている。

第2章　人間関係を抽象的に捉える

「楽しく過ごしたい」という願望

世の中の人々が悩むものは、そのほとんどが人間関係だという。自分と他者との間に起こる問題の総称である。自分は周囲からどう見られているか、あるいは、何故自分は誤解されるのか、と大勢が悩む。とにかく、「嫌な思いを少しでもしないで生きていきたい」という願望を、誰もが持っている。これは、おそらく社会に生きるほとんどの人に共通する心理だろう。

お金なんかいらない、ただ自由気ままに生きていきたい、と言う人もいるが、お金を儲けることに拘る人は、自由気ままに振る舞うためには金が必要だと考えているか、あるいは、その人の自由気ままな行為自体に金がかかる、ということであって、結局のところ、お金どうこうではなく、「自由に生きたい」ということには変わりはない。抽象的に見て両者は同じだといえる。また、自由気ままというのは、つまり、嫌な思いをしない状態のことであるから、「楽しい思いだけをして過ごしたい」というほぼ一致した願望になるだろう。

しかし、いろいろな現実を経験するうちに、この「楽しい思い」というのは、ある程度の苦労のさきにあるものだということがわかってくる。ここが人間の複雑なところである。たとえば、負けるよりも勝つ方が楽しく望ましいことだが、では、苦労もなく簡単に勝つことと、工夫や努力の末に勝つことのどちらが良い気持ちになるかといえば、だいたいの人が後者だと感じるはずだ。

こういった経験を重ねると、法則として導けるほどになる。すなわち抽象すると、「楽しさというのは、苦労を重ねて勝ち取るものだ」というような感じになるだろうか。そのうち、勝ち取れる未来を見越して、その苦労の最中であっても楽しめるようになる。これなどは、明らかに想像力が見せる幻想といえるもので、人間というのは、幻想によって元気を出している、といっても良いかもしれない。

「人間関係」という問題

人間関係というのは、多くの場合、他者との協力関係と言い換えることができる。お互いに得るものがあって、交換したり、分かち合ったりしている。仕事であっても、また趣味や近所づき合い、友人、恋人、あるいは家族であっても、抽象するとだいたい同じである。逆にいえば、協力関係ではないものは、既に人間関係ではない。いがみ合っているだけのような場合は、その関係から離れれば済むことである。離れられない理由がどちらかにあるから、関係というものができる。

人間関係においても、「楽しさ」には、ある程度の苦労が必要となる。我慢《がまん》をして初めて得られる、という関係だ。得られるものがわかっているから我慢ができることもあれば、また、我慢をしていたら、思いのほか素晴らしいものが得られることもある。さらには、そういった損得を考えず、我慢をするだけで（尽くすだけで）満足できるという心境に至るような場合だって少なくない。

さて、「我慢をする」と簡単に言っても、そこにはやはり最低限の「理解」が必要になる。「ああ、この人はきっとこんなふうに考えて、こんな態度を取っているのだな、まあ、このくらいのことはしかたがないか」というように、自分で納得するから、人を許すことができるようになる。「どうしてこんな馬鹿なことをするんだ?」と怒ってしまう人は多いが、少なくとも「どうしてか」が理解できないから腹が立つのだ。それが理解できれば、「そんな理由があれば無理もないか」と考えられるし、「それならばこうしてはどうか」という手が打てることも、あるいは、「少し待てば、好転するかもしれない」としばらく時間を置くような対処もできる。冷静さに必要なのは、この「理解」なのである。

人を理解するというのは、その人との対話によっても可能だが、会話があってもわからないときもあるし、また、会話がなくても、想像によって理解することもできる。

多くの人は、自分がどんな感情を抱いているか、ということを明確に捉え(自覚し)ていないので、対話をして、その本人の口から言葉を引き出しても、その人の気持ちの本当のところはなかなかわからない。本人もわからないのだから、適切に表現ができる道理がない。

それよりも、その人の行動、過去の履歴などに基づいて、仮説を立て、「きっとこう考えているのだろう」と想像することで、理解ができる場合の方が多い。「そんなの勝手な理解だ」と言われるかもしれないが、そのとおり勝手な思い込みである。もしかしたら、まったくの誤解かもしれない。でも、「まあ、良い方に考えて、ここは引き下がろう」といったジェントルな選択だってできる。たとえ誤解だったとしても、それで自分が納得できれば良い、と僕は考えることにしている。

他者を観察する

このように、人がどう考えて行動しているのかを捉えることも、やはり抽象的な思考の一環といえるし、自分の行動との関係を考察すれば、多少具体的であっても、少なくとも客観的な思考といえるものになる。そのうえで、やはり具体的な個々の言動にあまり囚われることなく、全体的な傾向として、大まかにイメージすれば、その人はどんなふうに考えやすいか、どんな行動を取りやすいのか、という一種の「人間の型」が把握できるだろう。

この「全体的」というのは、その人だけを考えるのではなく、同じような人と比較をする、まったく反対の人との違いに注目する、あるいは、同一の人であっても、過去の別の言動を踏《ふ》まえて考える、というような広がりをもって、ぼんやりと関連させてイメージする、という意味である。

また、ここでいう「人間の型」というのは、いわゆるタイプのようなものだが、心理学などに出てくる有名で典型的な人間のタイプではない。自分で勝手に、「〇〇型」と名づけても良い。その人が村田さんなら、「村田型」になる。ほかにも村田型がいないか探してみても良いし、村田さんのどんな言動が代表的な村田型なのかを捉えられると、しだいにはっきりするが、あまり厳密に絞らない方が良い。

これはつまり、「村田さんのような人」というのと同じ意味で、前章で述べたとおり「〜のような」をつけるだけで抽象化できてしまうのである。

当然ながら、注意する必要があるのは、「型」はあくまでも「型」であり、また抽象化されたものは、具体的なディテールが捨てられたものだ、という認識を忘れないことである。だから、こういった考えを持つことは、自分自身の理解のためだとまず割り切る方が良い。他者にあれこれ話すことは誤解を招くだろう。「あいつは、こういうタイプの人間だから、きっとこう考えているはずだ」などと吹聴《ふいちょう》しない方が良い。逆に相手からは、「この人は、人間を全部自分のモデルに当てはめて考えようとする」という「型」で見られてしまうだろう。

まず、人間というのは、そんなに単純なものではない。また、その人の言動は、時と場合によって変わるし、考え方もタイプもずっと同じではない。揺れ動いているのが普通である。さらに言えば、深い考えをする人間ほど、なかなか本心というものはわからない。どう見せようか、ということを考えて行動しているため、言動から類推できることは、あくまでも作りもの、演じられている外交的な型でしかない。そういう人は、場合によってまったく違うタイプになることがあって、あたかも多重人格者のようにも観察されるが、それは、こちらの見方が、部分的だから起こることである。

重要なのは、決めつけないこと。これは、「型」を決めてしまって、そのあとは考えない、では駄目だという意味だ。抽象的に、ぼんやりと捉えることで、決めつけない、限定しない、という基本的な姿勢を忘れないように。

決めつけてはいけない

ところで、このような「他者がどう考えているのか」ということをまったく考えない人もいる。全然考えないというのは、おそらく人間として能力不足だろうが、たいていの場合、「自分のことをこう見てほしい」というくらいの願望がせいぜいで、それ以上に考えない。考えたくない、ということかもしれない。

客観的、抽象的な考えができない人というのは、つまり「そうは考えたくない」という人なのである。あるいは、感情的に「そんなふうに考えるのは嫌いだ」という気持ちを持っている場合もある。人のことをあれこれ考えるのはいけないこと、はしたないことだ、と思っている人もいるかもしれない。

だから、ここではっきりと宣言しておく。なにを考えても、いけないということはない。考えることは自由だ。ただ、考えたことをすべて、そのままアウトプットしてしまうと、なにかと問題が起こる。その点は注意をすべきである。他人を分析することは大切だが、その分析結果を全面的に口に出さない方が良いし、その分析に基づいて行動するときは、あくまでも仮説だということを忘れてはならない。

もし人に話したかったら、匿名《とくめい》にして、それこそ抽象的に語るべきだ。また個人に対して述べるときには、その人を貶《おとし》めるようなことがないように細心の注意を払って表現する必要があるだろう。自分では「あくまでも架空の型だ」と認識していても、話を聞いた人は、貴方がその「型」で人を決めつけて見ていると判断しかねない。

そもそも、「型」は抽象的であり、具体的なディテールを剝《は》ぎ取った「本質的な傾向」を示すものだ。必ずいつも絶対にそうなる、というものではない。そこまで単純化できるはずがないことは、誰だって想像できるだろう。怒りっぽい人だって、笑顔になることはある。どんなものにも例外はあるし、また、あるとき突然その型から脱皮するような変化が訪れるかもしれない。

抽象的に考えるというのは、ぼんやりとしたイメージや傾向といった「型」を抽出し、それを応用することであるが、その「型」を言語化したときに具体的になりすぎて、杓《しゃく》子定規《しじょうぎ》に「常にそうなるものだ」と決めつけてしまうと、持ち味だった「ぼんやりとした抽象性」が失われてしまう。この落とし穴に、いつも気をつけること。

抽象的思考の初歩の段階では、ついつい、そういった「思い込み」に陥りやすいのである。

相手の身になって考える

「他人がどう考えるかを想像する」ことを、日本語では「人の身になって考える」という。自分の都合の良い主張をするのは簡単だが、それを聞いた相手がどう感じるのかを予測しておくことは、一つには「思いやり」であり、また逆に考えれば、相手の反応を見越して、より有効な表現を選択するという戦術が取れるわけで、自分にとっても非常に有利となる。

相手の身になって考えるという場合、それは、もし自分が相手の立場だったら、どう感じて、どう考え、どう対応するだろうか、ということが基準になっている場合も多いだろう。相手がどんな人間なのかわからないときには、ひとまず、自分に置き換えて考えるしかない。すなわち、相手の傾向を推定するとき、常に自分が基準になっているのである。

だから、人を観察する以前に、自分に対する観察がまずなされている必要がある。人の思考を分析し、その反応を予測するためには、自分の思考の過程や反応の傾向を参考にすることができる。

どう感じるのか、という感覚的なものは、誰もが「自分」でしか体験できない。ようするに、人間は「自分」しか経験したことがないのである。言葉や行動などで外部に表れ観察できる感情はほんの一部であって、感じたことの大部分は自身にしか知られない。また、感じることと同様に、考えることも、自分でしか体験できない。人が考えているとき、その頭の内部を覗き見ることはできない。したがって、他者がどう考えるのかを想像するには、自分がどう考えるのかをよく観察していることが不可欠となる。

これは、「視点」といったものでも同じで、客観的な視点を持つには、まず主観的な自分の視点がどういうものかを把握する必要がある。抽象的なものを捉えるためには、排除すべき具体性を知っていなければならない。いずれも、囚われないためには、囚われているものを、あるいは囚われている状況を、しっかりと見極める必要があるからだ。

他者を抽象化するときには、その人物が持っている傾向をどう解釈できるのか、が問題になる。その場合、「自分ならばこう考えるけれど、どうやらあの人はそうではなさそうだ」という具合に、まずは自分との違いとして目立った特徴が観察できる。そして、何故《なぜ》違った考えをその人は持つのか、それは前提となるものが異なっているからだろうけれど、では、何故前提が違っているのか、どこで違ってくるのか、とつぎつぎに考えが及ぶことになるだろう。

現実の人間は複雑である

何度も書いてきたが、人間は単一の「型」で簡単に表現できるほど単純ではない。抽象化されたモデルというのは、その人物の一面を代表しているにすぎない。それ以外の面も必ずある。また、単純な「型」になるほど、適用範囲が広くなり、同時に、多くの単純な「型」を組み合わせて、現実に近づけるようなアプローチもできる。

ある一人の人間が、Aという型と、Bという型を併《あわ》せ持っている、といったことはごく自然にあるだろう。どういう場合にAが現れ、どうなればBになるのか、という分析もできる。

人間は、ほとんどの「型」を大なり小なり持っていて、その比率や優先度が違うだけだ、というような考えに行き着くことになるかもしれない。となると、もともとは個人を表していた型が、人間の大多数に見られる傾向だということもある。抽象的でシンプルに考えていくと、そういった構成分子のようなものが沢山見つかるだろう。遺伝子のように、それらの組み合わせで、人間のバラエティができる、といったふうに考えることも面白い。

シンプルなパーツを組み合わせて、どんな複雑なものでも作れる。パーツが抽象的でシンプルであれば、そういったことが可能になる。レゴ・ブロックのようにパーツがシンプルなものほど汎用性が高い。具体的でないからこそ、あらゆるものに使えるのである。

奥深い人、浅はかな人

ところで、ある人物を観察し、そこから幾つかの抽象的な「型」をイメージしたとしよう。だいたい、この人物はこんなふうだ、と把握した（見切った）と感じていても、ときにはその人物が、それらの型から逸脱した言動に出ることがある。こうしたとき、「ああ、この人は計《はか》り知れないところがあるな」と感じられるし、つまりは、モデル化できない、現実の人間の「深さ」のようなものを意識することになる。

このように、モデル化できないということも、「人間の深さのようなもの」として抽象できる。

一方では、簡単にモデル化できる人物は、「浅い」人間に見えるだろう。それはつまり、ほとんどどういうふうに行動するか、どう考えるかを読まれている。ある意味では単純で扱いやすいけれど、深みがなければ、人間としてつき合うと、やや物足りなく感じるかもしれない。

具体的な思考しかできない人は、最初の印象が悪ければ「嫌い」になり、良ければ「好き」になる。でも、いつかはやはり「嫌い」になる。浅いも深いもわからない。「嫌い」になると、すぐに離れてしまうから、「好き」に戻ることは滅多にない。感情的な判断とは、こういうものだ。明らかに、一面だけで捉えているので、本当の価値を見逃すことが多い。

ここで大事なことは、人間を抽象的に捉えていなければ、その人間の深さが見えてこないという点である。これは、人間の思考についてもいえる。人の考えというのは、言葉でしか伝達できないものだが、とにかくそれを聞いたとき、「この考えはなかなか深いな」と感心することがある。この深さというのは、これまでにモデル化された自身の型に簡単には当てはまらない未知のものがまだほかにありそうだ、という意味であり、もっと言えば、「その方面の抽象化を自分は見過ごしていた」ということでもある。

抽象的に人を見る人は、好き嫌いで人を判別せず、「この人からなにか自分に得られるものはないか」という興味を絶えず持っているものである。好き嫌いだけで判断していないために、「思慮深く」なる。そして、この「思慮深さ」というものは、思慮が浅い人にはまったく認識さえできない。

他者から発想が拾える

よく、面白いアイデアを聞いたとき、「なるほど、それは思いつかなかった」という感想を抱くことがある。これは、「考えたけれど、採用しなかった」ではない。思いもしなかったわけだから、その方向へは自分は視線も向けなかった、発想さえ持たなかった、という意味である。では何故、「なるほど」といった感想を持つのだろうか。

自分が考えなかったものであっても、一瞬にしてそれが妥当《だとう》であり、魅力があり、使えそうなことが判断できるのは、もともと抽象的な「型」を持っていた証拠である。「バール」だけを探していた人に、バールではないものを見せても、「なるほど」とは思わない。「バールのようなもの」を探していた人は、自分で見つけられなくても、人が「これなんかどう?」と示したものに、「あ、それだ」と気づく。そういうときに、「なるほど、それは思いつかなかったな」と感じるのだ。

したがって、発想力が不足し、自力では思いつけない場合でも、「〜のようなもの」という抽象的な目で探してさえいれば、人が言ったこと、本で読んだことなど、外部から飛び込んでくる情報の中に、待っていた答を見つけることができる。具体的なことに囚われていると、いくら沢山のインプット情報があっても、使えるものを見逃してしまうだろう。

そして、抽象的思考をする人は、どんな人間からでも、自分の利益になる発想を拾えることを経験的に知っている。それだからこそ、自然に人の話に耳を傾けるようになる。「こいつの話なんか聞いてもしかたがない」とか、「この本は読んでもなにも得るところがない」といったふうには考えないし、さきほども書いたように、「好き嫌い」で情報を遮断《しゃだん》するような先入観も持たない。素直に見て、素直に受け取ることができるのは、どんなものにでも自分の役に立つようなヒントが見出せる、という極めて単純な理由のためだ。

結果的に、これができる人間は、他者との関係を大事にするだろうし、たとえ自分と意見が違っていても、相手を尊重するという姿勢がごく自然に取れるようになる。さらに、そういう人は、他者から信頼されるし、べつに自分を売り込まなくても、自然に人から親しまれるポテンシャルを持っている。

マニュアルは具体的だが

このように、客観的で抽象的な考え方ができる人は、人間関係を築く上で無理をすることが少ない。その考え方によって、自分も我慢をしなくて済むから、気が楽になるし、その素直さ故に、期せずして周囲の信頼を得ることにもなる。相手を尊重する姿勢というのは、日常の生活の中でも、なにげない仕草や言葉遣《づか》いに表れる。それが周辺の人たちに浸透し、結果として、友人もできやすいし、また人から推されてリーダ的な立場に立たされやすい。こういった傾向も、人間を観察することによって得られる、抽象的な「人間の型」の一つといえる。

たとえば、お客さんにはこう接しなさい、というマニュアルを作り、そのとおり従うように店員を教育すれば、どの店員も同じように笑顔を作り、同時に頭を下げ、似た台詞ばかりで対応するようになるだろう。そのお店に来る客は、そこで長時間過ごすわけでもないし、店員と友達になりたいから来店するのでもないから、これはこれで間違っていない。ただ、「感じの良い店員だな」と思うのは最初のうちだけで、これが度重なると、せいぜい「よく教育されているな」と感じる程度だろう。マニュアルというのは、どんな場合にどう対処するかが具体的に書かれているので、それに従えば、みんなが一本調子になる。

一方、「お客様を大事にしなさい」と抽象的な教育をしたとしよう。これは、言葉でいえば一瞬で終わりであるが、そこから店員たちは、具体的にどうすれば良いのか考えなくてはならない。だから、具体的なマニュアルに従わせる場合よりも、時間がかかり、効率が悪く、また少なからず各自の能力を要求することになるだろう。だが、もしこの抽象的な指示が「理解」できた店員は、自分の意思で客に対応する。そういった「質」というのは、客から見た場合、上手くすれば気持ちの良いものに感じられる。また、店員自身が成長できる可能性も大きくなるだろう。

具体的な指示は、そのとおり従えば文句は言われないので、なにも考えることなく、ただそのまま実行すれば良い。これは人間ではなく、ロボットだってできることだ。しかし、指示が抽象的になるほど、どう行動すればその指示に合致するのかを考える必要があるし、また、何故そんな指示が出たのか、さらに上のレベルの理由や精神まで想像することにもなる。お客を丁寧に扱わなくてはならない、その理由は何か、という具合にである。そこまで理解しないと、自分のしていることの意味がわからない。非常に人間らしい、有能さを期待される。

「手法」も具体的だが

もちろん、マニュアルが既にあったとしても、優秀で抽象的思考ができる人間ならば、そのマニュアルの本来の意味を考える。それを考えれば、もう少し別の方法があるのではないか、という発想も生まれる。マニュアルは、失敗がないように、安全側に設定されているが、条件によっては、そこまでしなくても、もっと効率の良い道がある場合も多い。時と場合によって臨機応変に対応することが「人間の仕事」である。それには、マニュアルに書かれている文字面を追うのではなく、その元になった精神を抽象的に読み取る必要があるだろう。

このマニュアルと店員の例は、そのまま友人関係や職場での人間関係にも展開できる。人間関係を円滑にするためにはどうすれば良いのか、ということに対して具体的な「手法」に拘る人間は、マニュアルで働く店員と同じレベルだといえる。たとえば、世間一般で言われている「常識」などもマニュアルの最たるものだし、また、書店に並んでいるハウツウ本に書かれている「具体的な方法」もまったく同じだといえるだろう。

そういう「手法」というのは、すぐに実行できる。考えなくても良い。一見感じの良い店員のように、一時的には相手に（あるいは自分に）良い印象を与えるかもしれない。たとえば、面接であるとか、お見合いであるとか、時間が限られた中での印象が勝負だと思う人には助けになるだろう。けれども、普通の人間関係というのは、継続してこそ意味がある。面接やお見合いだって、上手くいった場合には、その後に長い時間のつき合いがあるわけで、そこでボロを出しては元も子もない。最初の印象が良かっただけに、その反動は大きく、むしろ損をする結果になるだろう。

つまり、具体的な手法を頼りにしている人間は、どうしても「浅く」なり、それを見抜かれる。馬鹿な人は騙《だま》せても、肝心の人にはばれてしまう。飲み友達とか、ときどきの遊びの関係ならば通用するから、そこではちょっと良い思いができるかもしれない。しかし、一番大切な関係を結びたい肝心の相手には、その方法は通用しない。失敗する確率が高いといわざるをえない。

このことが理解できていない人が非常に多いように、僕は感じている。若い人たちを沢山見てきたから、ますますそんな印象を抱くのかもしれない。若者は、どうしても具体的な情報に影響されがちだ。みんながそうしているのに、自分だけしないと、取り残された、落ちこぼれた、と感じてしまうようだ。クリスマスイブには彼女とホテルで食事をしなければならないとか、日曜日は家族を連れて行楽に出かけなければならないとか、子供の運動会ではビデオ撮影をするのが使命だとか、そんな具体的な「やり方」に縛られている（この三つの例は、いったい誰が得をするのか、と考えてみよう）。

それをするな、と言っているのではない。悪いことだとも思わない。けれども、素直に観察すれば、あまりにも不自由に見えるし、何故そんなに拘るのか、その理由は何だろうか、と僕は疑問を感じてしまう。

「情報」も具体的だが

情報というのは、具体的なものほど価値があるように見える。何故なら、すぐにそれが使えるからだ。たとえば、「大志を抱け」という抽象的なアドバイスにわざわざ金を払う人間はいないのに、「ある店で時間限定で食べられる、こんな料理が美味しい」という具体的なものになると、ついつられてしまうし、そんな情報を集めた雑誌や本を買ってしまう。情報は買うものではない、と考えている人もいて、本人は「情報は無料であるべきだ」と思っているのかもしれない。しかし、情報につられてその店の料理を食べれば、これは無料ではない。それで商売をしたい人は、無料の情報、すなわち「宣伝」をする。世に広まる情報の九割以上は、僕は宣伝だと認識している。

マスコミの報道も、今やほとんどが、なにがしかの宣伝になってしまった。少なくとも、僕が子供の頃の報道よりも、その割合が多い（倍増以上だろう）。公平な報道に見えるものでも、またマスコミ自身が公平だと信じているものでさえ、結局は誰かの商売を助けるものになっていて、儲かる本人が情報の発信源である場合が大多数である。客観的な情報というものは、現代では得ることが極めて困難だ、と認識すべきだろう。

どうしてこんなことになるのか、少し考えてみれば簡単な道理である。そもそも正しい情報を得るためには労力が必要であり、それなりに費用がかかる。したがって、そんな真実の報道が無料で配信されるとしたら、名誉欲（目立ちたい、人気者になりたい）か犠牲的精神のいずれかによる。名誉欲は、発信者の利益になるので除外すると、結局は、犠牲的精神という、絶滅種のような少数しか残らないだろう。客観的に見ればそういう道理になる。だから、無料で配信されているものの大部分は、それだけの対価が得られる何者かが流している、と考えた方が無難だ。

かつては、ニュースの記事は記者が察知し、調べにいって書いていたものだったが、今では、情報を発表する場所へ記者が集められ、「はい、情報はこのとおりです」と配布されるコンテンツをそのままニュースにしているだけである。TVや新聞のニュースを見て、「どこも同じだな」と感じるのは、当然だ。現代の報道を「なんか偏っているな」と感じる人は、ものごとをある程度抽象化し、客観的に世間というものを捉えている証拠で、そういう人の目には、「変だな」と映るはずである。

具体的なものに囚われている現代人

しかし、若い人たちは、生まれたときから情報の渦《うず》の中にいる。昔に比べて今の若者は、与えられた情報にどっぷり支配されている。そうしないと、「空気が読めない」奴だと言われ、また人と違っていると「いじめられる」ことになる。少し客観的で優れた指摘をすると、「上から目線だ」と意味もなく嫌われる。僕などは、「そんなつまらない空気なんか読むな」「少しくらい上から目線を持ってはどうか」と言いたい。

若者たちは、自分の価値判断というものは二の次で、とにかくまずは世間の流れに乗ろう、と必死なのだ。その世間の流れというのは、なんのことはない、塵《ちり》のように瑣末で具体的な情報であって、なにかがダイエットに効くと聞いて、それを買いに走り、新しいゲームが出れば、遅れないように列に並んで購入する、といった具合に、毎日、TVやネットで流れている催眠術のような「お告げ」に右往左往する忙しさの中、ただただ藻掻《もが》いているのである。

あたかも、そうすることでしか正常な人間関係が築けないと思い込まされている。年齢を重ねれば、だんだんその滑稽《こっけい》さがわかってくるのだが、気づいたときにはもう遅い、という悲劇もあるだろう。また、歳を取ってても気づかず、ずっとそんな具体的な情報に流されたまま生きている人も沢山いる。気がつかない方が、幸せというものだろうか。

彼らの話を聞いてみるとわかる。もの凄くローカルで細かい情報をやり取りしているのだ。どの店で買えばポイントが溜まる、あの店は何時に行けば安くなる、といった情報が、自分の人生にとって大変に価値のあるものとして扱われている。そういう人ほど、他人の細かい悪口を言うし、誰と誰がつき合っているとか、あの人が着ていたものは安物だとか、そんな話しかしない。ぼんやりと眺めると、具体的な細かい情報に飛びつき、それをそのまま横へ流しているだけの生き方に見える。

年寄りの方が囚われている

それでも、若いときには、本を読んだり、映画を観たり、ライブを聴きにいったり、美術館や博物館へ足を運んだりする人が比較的多い。そんなふうに自分からアプローチした場合には、金や時間、労力がかかる代わりに、自分が感じたものを少しは真剣に考え、心に留めようとする。じっくり見るだろうし、集中して聴くだろう。言葉は悪いが、かけた金や時間の元を取ろうという気持ちも働く。

若者がこの種のものに興味を持つのは、「ただ世間に流されるばかりでは、自分というものの存在を感じられない」という本能的な不安を抱いているからだ。そういった芸術などへの関心も、自分にとって将来「なにか使えるもの」になるのではないか、という予感を持っているためだ。自分の未来に対しても、「もっとなにか楽しくしたいな」と願っていたり、そうでなくても、できるだけ「美しいものとともにありたい」といった素直で抽象的な欲望を持っているからにほかならない。これは素晴らしいことだ。

歳を取ると、自分に無縁なものが増えてくるし、割り切れるようになる。そんなことに金をかけても、なんの足しにもならない（ならなかった）、と処理する。こうして、欲求はすべて小さな具体的なものばかりになり、予感や願望だけの「美しさ」は無益なものとして排除される。ついには、もう毎日の自分の身の回りの損得しか考えなくなる。考えるというよりも、ただ「こっちが得だ」という選択をしているにすぎない。犬や猫でもできる判断と同レベルである。

こうなってしまった年寄りは、ぼんやりと悩んでいる若者に対して、つい「はっきりしろ」「もっと具体的に」と言いたくなるはずだ。しかし、若者の「はっきりしない思考」というのは、とても価値があるものであって、それを失ったのが「年寄り」なのである。

「まだぼんやりしてろ」「もう少し抽象的に話してくれ」と若者に言える年寄りになりたいものである。

「行動」が抽象的では問題

ただしかし、「なにか、面白いことがしたいな」とか、「ここらへんで、ちょっと大きなことがやりたい」と思うのは良いが、そういうことを人に話す場合は、できれば、限られた親しい少数だけにした方が賢明だろう。というのは、こういう発言をする人間は、一般に信頼されないからだ。抽象的な思考というのは、あくまでも思考、つまり、考え方や見方であって、行動ではない。発言というのは、（抽象的な議論だと相手も理解している場合以外は）既に行動なのである。

行動というものは、本来、抽象的ではありえない。手足を動かして、摑《つか》めるものは、具体的な物体だけである。たとえば、「楽しいもの」という概念を手で摑めるわけではない。そんな物体は存在しない。だから、「楽しいものがほしい」と思っても、そのままでは行動ができない。このとおり言葉にしても、無意味なのだ。

行動をするときには、自分の抽象的な思い、あるいはその思いの一部を、具体的なもの、すなわち、手が届く範囲に実在するものに関連づける思考が必要となる。この思考は、論理的な計算に近いものになる。

自分の手が届く範囲にそういったもの、つまり「楽しさに繋がりそうなもの」が存在しない場合は、どうすればそれに近づけるのか、という方法を考え、ときには、調査や準備といった補助行動によって模索することにもなるだろう。このプロセスでも、やはり発想が物事を前進させることが多く、そこではまた、抽象的思考が必要となる。

抽象的であれば、柔軟で冷静になれる

大事なことは、もともとの思考が抽象的であれば、「結果を具体的に限定しない」という有利さがあるという点だ。つまり、「楽しいもの」というのは、具体的にこれと決まったものではないから、それを実現していくプロセスで、予想外のものに出会うことだってある。そのとき、柔軟に進路を変更することも簡単だ。

一方、具体的に凝《こ》り固まった目標を持つと、実現のプロセスで少なからず自分を縛るため、ストレスになる。「自分のやりたいものはこれだ。これ以外にない」という固い

決心は、もちろん立派なことだけれど、それでも、もし「楽しさ」を求めているならば、無理に自分を縛る必要もないのではないか。また、求めているものが、「豊かさ」であるなら、やり方を臨機応変に選びつつ、そのときどきで最も利潤が高いと予想されるものに向かうことだって難しくない。これはビジネスの基本的な姿勢といえる。

人間関係においても、具体的なものに拘らず、相手が必要なのはどんな理由なのか、という一番大事なことを理解していれば、ほとんどの問題は解決できるだろう。仲違いをしたりするのは、やはり細かい言葉とか行動とか、あるいは解釈の違いとか、タイミングのずれとか、そういった具体的なものが引き金となる。ふと、基本に立ち返って、この相手は自分に必要かどうか、と考えるだけで、ずいぶん冷静になれるはずであり、細かいことなどどうだって良くなるかもしれない。

人間関係も抽象的に考える

人を理解するには、相手の身になって考える視点が大事だということは既に述べたが、これはつまり、自分が相手の立場だったら、と想像することに等しく、そう考えるためには、「相手の立場」というものをある程度見極めていなければならない。これが、普通はけっこう難しい。そもそも、相手の立場が理解できる、ということ自体が、相手の身になっている証拠であるし、既に「もし自分だったら」という想像をしている状態でもあるからだ。

人間関係が密接になるためには、こういった理解が不可欠であって、逆にいえば、お互いが相手の身になれない状態というのは、上辺だけの関係であり、本当の意味での「親しさ」といえるものではない。単に、なにかを交換するだけの一時的な関係にすぎない。

子供や若者の中には、「友達ができない」という悩みを抱えている人が多い。その種の相談を受けることも実際に頻繁である。そういう人には、「どうして、友達がほしいの?」と尋ねることにしている。「友達がいないと寂しいから」と答える人がほとんどであるが、「では、どうして寂しい状態がいけないの?」と問うと、これにちゃんと答えられる人はまずいない。不満そうに黙ってしまうのだ。

彼らは、「寂しいことは悪い状態だ」と考えていて、「友達がいれば寂しくない」と勝手に信じている。なんの根拠もなく、そう思い込んでいるのである。だから僕は、「寂しくても悪くない」こと、そして「友達がいても寂しいかもしれない」ことを説明するようにしている。そんなことは信じられない、と反発する人もいるが、つまり自分の思い込みが悩みの原因だということに気づいてない（気づけない）状態といえる。さて、貴方はどう思うだろうか？

「友達」を抽象的に考える

そもそも、「寂しい」とは何だろう？

たぶん、友達がいないと悩んでいる人は、その友達がいない状況が、すなわち寂しい状態だと思い込んでいる。ときどき、気に入らない他人の状況を「寂しいね」と非難する人がいるくらい、この言葉は悪い意味にしか使われない。「私は嫌いだ」と言えば良いところを、「あいつは寂しいね」などと言うのである。まだ、「可哀相」の方が幾分良いが、上から目線だと言われるだろうか。「可哀相」も「寂しい」も、そう感じるのは発言している本人であり、まったく余計なお世話というほかない。だから、「寂しい奴だ」というもの言いは、完全におせっかいというか、意味もよくわからず使ってしまう表現としか思えない。おそらく、言っている本人が「寂しい奴」なのではないか。

友達は自分の寂しさを消してくれる存在だ、と考えるならば、当然ながら、自分も相手の寂しさを消す能力を持っている必要があるだろう。でないと、相手からは友達だと見なされない。そういう理屈になる。また、逆に言えば、他人を楽しませることができる人間ならば、みんなはその人を友達だと勝手に思うだろう。

友達というものも、「今日からお互いに友達です」と契約を交わすような明らかに判別できる関係ではない。他者に対する主観的な認識にすぎないし、その範囲もぼんやりとしている。少し冷たい感じになるが、本質的にはこのとおりだろう。

どうも、「友達」「友達」とにかく「友達が欲しい」という言葉に支配されているように見受けられるのだ。そういう人は、「僕たちは友達だよね」とか、「友達はいいなあ」とか、ことあるごとに口にするのだろう。僕は、自分の友達と話すとき、「友達」なんて単語を使った覚えがない。そんな言葉で関係を確認し合うなんてもの凄く不自然だ。意識さえしないから、「友達っていえば、いったい誰が友達といえるかな」と考え込まないと出てこない。「友達を大事にしよう」なんて考えたこともないし、行動の判断に「友達なんだから」という理由を思い浮かべたことさえ一度もない。たとえば、「Ａさんだったら、このくらいは我慢しよう」とか、「Ｂさんにはできるかぎりのことをしてあげたい」とか、個々の人に対して考えることはあっても、それらは、「友達なんだから」

という発想とはまったく無関係だ。「友達であればこうするものだ」という具体的な規定がある方が、明らかにおかしいと感じる。

「悩むな」とは言わない

ここまで読んできた人は、僕が「友達ができないなんて馬鹿なことで悩むな」と言っているように受け取ったかもしれない。

それは違う。そうは言っていない。友達とは何なのか、寂しいとは何か、どうして自分は悩んでしまうのか、今の自分の状況はどうなのか、といろいろ考えて、もっと悩むのが良いと思う。

よく、体育会系というか（そんな決めつけをしたら叱られるかもしれないが）、明るくあっけらかんとした先輩とか年長者が、「そんなこと、悩むだけ損だ。ぱっと元気に汗を流せ」というようなことを言う。そういうドラマが多いし、ＴＶに出てくる人はこのタイプに偏っているみたいに見える。「無意味な明るさ」が「善良」なイメージであり、うじうじ悩む人間は「暗く」て、みんなから嫌われる、という思い込みに囚われている。そういう傾向が全然ないとはいわないが、そこまで単純に割り切ってしまうのもどうか、と僕は思うのである。

「悩むことが損だ」というのは、僕には理解し難い。悩んで損をしたことなんて一度もないからだ。「時間の無駄だ」というが、ぱっと明るくみんなと酒を飲むよりも、よほど人生にとって有意義だとも思える（おまけに経済的だ）。このような悩める問題を抱えていることは悪い状態ではなく、それを放棄して、ぱっと忘れてしまう方が、「馬鹿になるための方法」で、好ましくない方向性に見える。もちろん、馬鹿になることが絶対に悪いとも断言できない。たとえば、あまりに悩んでしまって自殺するよりは、馬鹿な振りをして、少し生き続けてチャンスを待つ方が多少は良いようにも思う（これも断言する自信はないが）。

割り切らない方が良い

「しかたがない」とか「こういうものなんだ」という「割り切り」は、もちろん社会を生きていくための有用な手法の一つであり、悩んで決断がつかなくて行動が遅れそうだったり、あるいは、悩むこと自体がストレスになって体調を崩したりするような極端な場合には、この手法が特効薬になるかもしれない。でもそれは、あくまでも「一旦棚上げにする」という処理にすぎない。時間があれば、またあとでゆっくりと悩めば良い。繰り返すが、悩むことはけっして悪いことではない。とにかく、考えないよりは考えた方が良い。この法則は例外が少ない。特に、抽象的に考えると、つぎつぎと連想されることがあって、頭の中に沢山の副産物も生まれる。自分の中で幾つもの「型」や「様式」がストックされ、それらは将来きっと役に立つだろう。

「人間関係が上手くいかない」と悩んでいる人は、それだけでもう、人間関係というものを見つめられる能力を持っている証拠である。そういうものに悩まない人の方が鈍感で、また周囲からは困った人だと思われている場合が多い。悩む人は優しいし、割り切れる人は冷たい、という傾向もあるはずだ。思う存分、悩めば良いと思う。

ただし、人に対して、「お前はもっとこの点について悩め」と言うのは、見当違いである。悩みは、人から押しつけられるものではないからだ。悩ましいものを自分で見つけたことが、その人の能力であり、その発見にまず一番の価値がある。

ときどき具体的に表現してみるのも良い

人間関係に関して、かなり抽象的なことを書いてきたが、どうだろうか。自分の周辺のことに当てはめて、ちょっとでも考える切っ掛けになれば、僕は嬉しい、と書くのは、実は嘘で、正しくは、貴方にとってラッキィだろう。

このように抽象的に書くことで、できるだけ多くの人が考えている（あるいは経験したことがある）ものに、少しずつ、なにかしら、どこか引っかかる部分ができる。そこから、それぞれの展開が始まるのである。抽象性が高いものほど、展開には労力がかかるけれど、その分、広い範囲でヒットする。

それに、人に説明をしたり、文章にするようなことに慣れていない普通の人は、そもそも、自分の考えていること、自分が経験したことの抽象的な内容を言語化していないわけだから、ただ、ぼんやりと感じた曖昧な気持ちとして持っているだけの状態だ。この本の文章を読んで、初めて「そうそう、そういうことなんだな」という気分になった方もいるのでは、と想像する。

ぼんやりとしたものを、ときどきは言語化し、少し鈍くなったり、少し違うものになってしまうかもしれないが、他人に説明するつもりで、自分自身の確認のために具体的な表現を試みるのも、それなりに有効だと思われる。これは、ツイッタやブログにアップしない方が良い。あくまでも、自分のためだからだ。人目を気にしないことが大切である。

考えてみたら変な話だが、言語という具体的なもので、抽象的なことを表現するのである。きっと、「～のような」という表現を多用することになるだろう。伝達の難しさもわかるし、また、具体化することで失われるものも、明らかになるかもしれない。

人間関係というものは、他者と自分との関係であり、そこに介在するのは、つまりはほぼ言語に依存したコミュニケーションだといえる。個人が抱いた抽象的な概念さえも、言葉によって、手探りで伝え合うしかない。まったくもって、歯がゆいことだ。

しかし、言語がない場合に比べれば、まずまずの状況だとは思うのである。

第3章　抽象的な考え方を育てるには

抽象力を育む方法はあるのか

私はこう考える、僕の考えはこんなふうだ、というように、物事をどう捉えるのか、どう解釈すれば良いのか、という分析は比較的容易《たやす》い。そもそも、ほとんどの学問というのは、それを探求する姿勢を基本としている。

科学もそうだ。自然現象をいかに合理的に説明するか、という動機が最初にあった。ところが、それらしい仮説、もっともらしいモデルが発見されると、次の段階では、それをなにかに役立てよう、という方向性が生まれてくる。最初は好奇心だけで突き進んでいたものが、だんだん利益を追求することに重心が移ってくるのだ。これは、「せっかくだから元を取ろう」「これを思いついたのだから、利用しない手はない」ということかもしれない。

抽象的な考え方をすることの優位性を、ここまで書いてきたつもりである。こういった本を読む人は、自分もそんな考え方を身につけたい、と望んでいるだろう。もちろん、読むことによって、一時的ではあるけれど、「気づき」に似た感覚が味わえる。その感覚を自分の力でゼロから生み出してみようと挑戦すれば、本を読んだことで得られるものがあった、といえるだろう。

「考え方」に関する本はとても多い。書店にずらりと並んでいる。ここ十年ほどは、脳の働きに関する研究を、一般の人向けに説明する（部分を含んだ）内容の本も沢山出回った。僕は、実際にその多くを読んだことがないけれど、きっと中身は真面目な研究結果が書かれているものと想像する。ただ、オビにある煽り文句は、「こうすれば思考力がアップする」といった類のもので、抽象化すれば、「頭が良くなる方法」がその本に書かれているように受け取れる。

思考力だけではない。人とつき合う力、恋愛力、就職力、果ては、生きる力のような表現にもなる。タイトルを「〜力」とすれば売れる、という出版社のノウハウらしい。そして、そこに共通するのは、そういう能力をアップする具体的な「方法」が存在するかのように錯覚させる文句が謳われていることだ。「〜力を育てる十の方法」というように、個数まで示されているものもある。これが「千の方法」だとうんざりするが、「たった十ならば、できるかも」と思わせるトリックだ。どうせ具体例ならば、せめて千くらい挙げてくれたら、少しリアルだと僕は思うが。

多くの人は、具体的な方法を求めている。「たったこれだけで痩《や》せられる」とあれば、痩せたい人は、その手法を知りたいと手を伸ばすだろう。これとは逆に、やってはいけない具体的な方法を羅列しているものも数多い。「恋愛に失敗する人の十の条件」みたいな本になるだろう。失敗の方法をすべて避けても、成功するとは限らないが、しかし、成功する方法を挙げるよりは、失敗する方法を述べる方が、幾分良心的に感じられなくもない。

ところで、世の中には、本に書いてあることをそのまま真《ま》に受ける人がいる。小説の中で、登場人物が語ったことなのに、それをまぎれもない真実だと信じる人だっているのである。著者に責任があるとは言わないけれど、「皆さん、もう少し注意して下さい」と、この機会に是非言っておきたい。

「教えられるものではない」という理解が必要

本章では、抽象的思考ができるような人間を育てるには、どうすれば良いのか、ということを書こうと思っている。これは、「教育論」と受け取られるかもしれない。けれど、僕はそれを否定したい。何故なら、「教育」という具体的な「方法」が人を育てることに対して、僕は半信半疑だからだ。

知識を教える教育であれば、これは成果が如実に出る。歴史的にも明らかだ。しかし、ものの考え方となると、はたして教えることができるのか、と疑っている。特に、「発想法」とか「想像法」なんてものが、具体的に示せるだろうか、と大変に悩ましい。たとえば、発想するところや、想像するところを、具体的に見せることがもう難しい。それがもし擬似的に体験できたとしても、では、別の発想、別の想像、その人だけの発想、ユニークな想像が、できるようになるだろうか?

残酷な言い方になるし、身も蓋《ふた》もないことを書かなければならないが、つまり、抽象的思考を身につける方法というものは、具体的にはない。こうすれば間違いなくできるようになる、という方法は存在しない。したがって、教えることなんてできない、と僕は現在考えている。なにか画期的な手法を、いつかふと発想できるかもしれないから、絶対に不可能だとは書かないが、今のところ、まだ僕にはその発想はない。「ノウハウ」という言葉がある。また、最近は「ハウツウ」という言葉も広く使われるようになった。「ハウツウ本」なんてジャンルもあるくらいだ。「思考法」についても、沢山の人が考えて、いろいろな方法が試されてきたようだ。

たとえば、子供の想像力をアップするためにはどうすれば良いのか、という教育に関する著書は沢山ある。好奇心を育てるための具体的な取り組みもよく耳にするところである。もう何十年もそういう試行があったはずだ。では、現在、想像力や好奇心が明らかに高まった人たちがいるだろうか？　もし効果が明らかであるなら、どうして全国民にそれを実施しないのか。少数を対象に行ったら、極端な格差が表れて話題になるはずではないか。

教育というのは、結局のところ、具体的な知識を詰め込むことしかできていない。「才能を育てる」とは、もともとあった才能が活かされる場を用意するだけのことだ。僕は、三十年近く教育を仕事にしてきた人間だが、若い頃にはまだ教育の効果を信じていた。こういう結論に至ったのは、沢山の事例を見たからでもある。

「考える」という体験

教育だけをしていたわけではない。僕の主たる仕事は、研究だったから、その作業の大部分は、とにかく自分の頭で考えることだった。そんな中で、仕事の成果としてステップを上がるときには、必ずなんらかの新しい発想がまずある。この発想がなければなにもできない。ただ調べ、試し、データを集めても、それは「調査」であって、「研究」にはならない。そして、この大事な大事な「発想」という「閃《ひらめ》き」は、突然ぼんやりとした形で現れ、「あれ、あれ? えっと、これは……」と雲を摑むようにして自分の方へ引き込み、しだいに形が見えてくるものなのだ。

この「発想」を摑んだときには、「思いついた!」といった感動はない。なにしろ、ぼんやりとしていて、まとまっていない。具体的ではない。逃さないように集中して考えるうちに、次第に具体的な枝葉が現れる。その後は、実験をしたり、確認のための計算をしたりしているうちに、その本筋がようやく自分のものになるのだ。だから、「閃き」という言葉のような明るさはなくて、遠い雲の上の稲妻《いなずま》のように「明るさが見えたような気がする」だけだ。そして、一瞬あとには、以前と同じ真っ暗闇が広がる。その暗闇の中で必死で探し続ける時間がしばらく続く。

そこにあるのは、「歓喜」でも「満足」でもない。ただただ「不安」と「緊張」がある。場合によっては、そういった閃きから、論文になるような具体的な理論を提示できるようになるまでに何年もかかる。正しいかどうかを確かめる時間が必要だし、またものによっては、確かめる方法が今はない、という場合だってある。アイデアの真偽を確かめる行為は誰にでもできるので、みんなで協力をし合って、計算をすることになる。アイデアのうちの九割以上は、ものにならない。計算した結果、間違いだとわかる。だから、「不安」と「緊張」におそわれるのだ。

それでも、最初の「閃き」がなければ、研究はスタートさえしない。何を考えれば良いのかということがわからなければ、考えることもできないのである。だからこそ、研究者というのは、問題を抱えていることを、かけがえのない幸せだと感じる。

「発想」には「手法」がない

この閃きができる人が、優れた研究者であり、おそらくは優秀な頭脳の持ち主ということになる。みんなが憧れ、どうすれば自分も、そんな発想を持つことができるだろうか、と思う。

研究をしながら、多くの学生を研究者として育てたけれど、発想のし方だけは、どうしても教えることができなかった。当たり前だ、自分でも、どのようにして思いついたのか、わからないのだから。それどころか、その最初の思いつきがどんなものだったかも説明できない。説明ができるようになるのは、発想から育てたアイデアである。

発想が最初の種だとすれば、アイデアというのは芽や葉を出した苗のようなもので、この段階で初めて、ほかの人に説明ができ、みんなでそれを育てることができるようになる（育つまえに枯れる可能性が高いが）。つまり、自分の頭から外に出せるのは、発想そのものではなく、他者にもわかるように、論理的に育てた「アイデア」なのだ。

茫漠《ぼうばく》とした発想には、手法なんてものがあるとは思えない。だから、もし「自由な発想の方法」というような本があったら、そこに書いてあることは、驚愕の新事実か、それともなんの役にも立たない戯言《たわごと》だろう、と僕は考える。驚愕の新事実だとしたら、そのうち世界中の話題になるはずだから、本を読まなくてもいずれ聞えてくる。

ただ、ときどきではあるけれど（つまり確率はかなり低いが）、もともとその才能を持っていたのに、なんらかの思い込みで自分の能力を封印しているような人が、その封印を解き放つ本や師に出会うことで開眼する、といった現象は起こりうると考えられる。

そういう意味では、ほんの少し「教育」にも期待が持てる。すなわち、子供たちの可能性をいかに潰《つぶ》さないか、という方向性だ。僕が見たところ、現在の若者は常識に縛られ、具体的な大量の情報によって抑制されている。できるのに、できないと思い込まされている人が大勢いる。昔よりもむしろ増えているのではないだろうか、と感じるほどだ。

なにが「発想」を邪魔しているか

まず大まかにいうと、個人がそれぞれに持っている抽象的思考の能力に対して障害となるのは、「これはこういうものなんだ」という外界からの押しつけであり、それらの情報の圧倒的な多さが、「疑問など持つな」と働きかける。教育という行為は、少なからず、具体的情報を押しつける行為であり、ぼんやりと存在していた個人のイメージに対し、みんなで共有するために意味を限定（すなわち、定義）する作業の集積でもある。結果として、皮肉なことに、教育が抽象的思考を阻害する可能性があることを、まず自覚しなければならない。

知識を得ることとは、抽象的思考とは方向性がまったく異なる。もしも、知識の多さが「理解」であり、知識によって物事がすべて解決できると思い込めば、もうなにも考える必要がなくなってしまう。子供のうちから、知識の詰め込みを重視し、覚えた情報の多さがテストの点数になるのだから、考え方よりも知識量重視になるのも無理はない。子供は、教えられたものを覚えれば、それで社会の成功者になれる、と簡単に信じてしまうだろう。

今の子供たちにとって大事なことは、「覚えること」と「忘れないこと」そして「正確にそれを思い出せること」であって、「思いつける」ことではない。だから、たまたま思いつけるかどうかで解けるか解けないかが決まるような問題は、勉強した者が馬鹿を見る悪い問題だ、と判断されてしまう。

真面目に勉強をすれば良い点が取れる、そういう試験でなければならないらしい。「頭の良い悪いなどない」「どんな子でも、努力をすれば必ず報われるのだ」と教師は信じたいし、実際にそう教えているかもしれない。だが、子供にしてみれば、努力とはつまり、目の前にあるものを覚えることなのだ。子供は、それ以外に努力のしようがない。何故なら、思いつくこと、突飛な発想をすることは、「努力」とは全然違った行為だと本能的に認識できるからだ。覚えることには苦労が伴うのに、思いつくことはそうではない。思いつける子は、一瞬でそれができてしまうし、一見して楽そうに見える。ほとんどの子は、どんなに努力をしても、全然思いつけない。

さらに、みんなが同じようにしなければならない、という風潮が現代社会の根底にある。自分の子供が特別であっては困る、と親たちは考えている。それは、もともとは「機会の平等」と表現されるものだったはずだが、実質的には「没個性」を浸透させただろう。特に、個々人の情報が広く発信され、簡単にアクセスできる時代になったため、極めて具体的な細かいことまで、他者と同じでありたい、と考えてしまう。自分だけが違っていると、それだけで不安になる。本を読んだら、自分がどう感じたかを振り返るまえに他者の感想が気になってネットを検索する、それが今の若者たちである。

便利すぎて失われた時間

最近では、不思議なこと、わからないことは、すぐにネットで検索する。もし、図書館で調べるとしたら、図書館が開く時間まで待たなければならない。そうなると、それまでの時間は、謎《なぞ》は謎のままでその人の頭の中で放置されている。少なくとも、少しは自分で謎に取り組む（あるいは、ぼうっと眺める）時間が必然的に生まれる。ところが、すぐに検索できる便利さが普及したおかげで、「不思議だ」と思うのも束《つか》の間のこと、考えるよりもさきに、ネットにアクセスしてしまう。

このような現代において、抽象的思考をするのは、たしかに難しくなっていると感じられる。あまりにも、具体的な情報が沢山あって、しかも簡単に（安く）得られるようになっているからだ。人々が抽象的思考をしない理由には、こんな社会環境もあるとは思う。

さらには、考えなくても大きな問題が起こらないインテリジェントな生活環境が実現していることも挙げられる。現代は、深く考えなくても、そこそこ生きていける社会なのである。たとえば、危険なものは身近なところからことごとく遠ざけられた。使い方を間違えて事故が起こった場合も、あらかじめその対処をしていなかった製品や取扱い説明書の不備が追及される。なんでも、企業や国の責任になる。食べてはいけないものは、公共機関が市場に出さないようにコントロールしてくれる。もし、食べて病気になったら、どこかの機関を訴える。食べるときにちょっと変な匂いがしたけれど、特に注意を受けなかったから食べた、というような場合でも、責任は食べた本人にはない、と捉えられる。

使い方はすべて、詳細にマニュアル化され、懇切丁寧に説明される。わからないものがあれば、それは悪いものだ、とみんなが考えている。文字が小さくて読めない、と文句を言う人もいるし、電車の中が騒がしい、と鉄道会社にクレームをつける人もいる。

こういう社会、こういう大人たちを見て、子供は育つ。考えなければならない問題があれば、「こんなことは学校で習っていない」と文句を言うだろう。文句を言わなくても、不満に思う。腹を立てるばかりで、自分でそれを考えてみようとはしない。

極端なことを羅列《られつ》したが、こういった傾向があるということは、誰もが認めるところだと思う。さらに極端に考えてしまう人が、ときどきとんでもない罪を犯すが、そんな事件に対しても、「近頃の教育は問題だ」「家庭の会話が不足している」というような具体的な理由で蓋をしようとするのである。

自分で自分を変えるしかない

さあ、いったいどうしたら良いだろうか？

「具体的なものに囚われるな」という言葉を発したところで、解決する問題ではない。また、既に書いたように、どういう教育をすれば良いのか、という問いにも答はないだろう。

たぶん、社会全体を変えることはできない、と僕は思う。どうして変えられないかというと、それは、変えたくないと願っている勢力が社会を支配しているからだ。その人たちは、具体的な情報で大衆を煽動し、大きな利益を得ている。その仕組みを想像できる人は少なくないだろう。簡単な例を挙げれば、流行に左右される人が多いほど、ファッション業界は儲かる。マスコミに左右される人が多いほど、広告産業が儲かる。投資に金をつぎ込む人が多いほど、やはり経済は活性化し、大きな資本がもっと儲けを増やすのである。

人間の欲望というのは、本当に凄い。こんなことまで考えるのか、と驚くばかりである。非常に緻密で、計算され、計画され、あの手この手で儲けようとする。こういった一部の人が経済的に潤うように社会の仕組みはできている。もちろん、儲かるからこそ、そういう仕組みを築き上げたのだ。

みんなが、「ネットで沢山の友人が作れて良い社会になったね」と感じているそのネットも、すべてなにがしかの資本が支配しているわけで、そこが儲けられるのは、みんなから少しずつ搾取《さくしゅ》しているからにほかならない。客観的、抽象的に見れば、そうなる。

だから、僕が書いているような考え方というのは、その「社会や経済を作っている人たち」からは疎《うと》まれるものになるだろう（だから、この本はベストセラにならない、と予測できる）。

しかし幸いにして、言うこと、書くことは自由だし、もちろん考えることはもっと自由だ。そして、社会を変えられなくても、誰でも自分自身ならば比較的簡単に変えられる。この本を読めば貴方は変わる、とは言わない。そこまでは僕には予想できない。少なくとも、自分が変わろうと思わないかぎり変わらないだろう。

手法のようなもの

さて、方法などない、ということと、現代ではますます難しい、ということを説明したが、気を取り直して、なんとかヒントになるようなものはないか、と（少々強引に）考えてみよう。手法ではないが、手法的なもの、「手法のようなもの」ならば、なんとか提示できるかもしれない

思いついたものを幾つか挙げてみる。

・なにげない普通のことを疑う。

・なにげない普通のことを少し変えてみる。

・なるほどな、となにかで感じたら、似たような状況がほかにもないか想像する。
・いつも、似ているもの、喩《たと》えられるものを連想する。
・ジャンルや目的に拘らず、なるべく創造的なものに触れる機会を持つ。
・できれば、自分でも創作してみる。

こんなところだろうか。抽象的すぎてぴんとこないかもしれない。このまま本を閉じ、少しは自分で考えてもらいたいところだが、本としては、説明が必要だろう（本というものが、具体的な情報をコンテンツとしているからしかたがない）。以下に、順番に少し具体的に説明してみよう。

普通のことを疑う

なにげないことを疑うというのは、普通の人が見過ごすものや、ごく当たり前のものに対して、「どうして？」と問いかけることである。よく「常識を疑う」という言い回しが使われるが、そんなに大層なものではない。日常的に、「あれ、変じゃないか」という目で見る素直な姿勢が重要なだけだ。これは、いちゃもんをつけているわけでも、揚げ足を取っているのでもない。そういう誤解をされそうだから、口にしない方が良い。

自分で思うだけで充分である（ただ、身近な人に聞いてもらい、反応を見ることは勉強になるだろう）。

原発の事故のとき、政府は何度も「ただちに危険というわけではない」と繰り返した。しかし、ただちに危険だとしたら、その場で既に誰かが倒れていたりするはずだから、言われなくてもわかる。それがわからないのだから、ただちに危険ではないのは「当然」ではないか、と思ったが、いかがだろう。

「目に見えない力」とか「目に見えない危険」というような言い回しも引っかかった。通常、「力」というものは目に見えないし、また、多くの「危険」は、事前に目に見えないものだ（見えないからこそ危険なのではないか）。これは、「目に見えない赤い糸」にも通じる。見えないなら、色はないだろう。

放射能は目に見えないから怖い、というが、普通、熱も見えないし、重さも見えないし、不味《まず》さも見えない。だから、火傷したり、ぎっくり腰になったり、腐ったものを食べて吐き出したりするのである。見えないから怖いのではなく、ただちに影響が感じられないことが怖いのだ。

子供の頃に、「ハサミは切るものなのに、どうしてハサミというのか」と大人に尋ねたことがある。挟《はさ》むためのものなら、ペンチやピンセットがあって、こちらの方がハサミという名称に相応《ふさわ》しい。現に、洗濯バサミは適切な命名である。紙を切るハサミは、「キリ」あるいは「カミキリ」と呼ぶべきだろう。ついでに、ホッチキスも日本語がないから、「カミトジ」としてはどうか。

秋になると葉が赤くなったり黄色くなったりする。あれをほとんどの人は「紅葉」と言っている。「黄葉」という言葉もあって、都合良く同じ読みだ。さて、葉はどうして色を変える必要があるのだろうか？　自然界のものは、たいていなにがしかの意味というか、目的を持っている。そうすることが有利だから、自然淘汰《とうた》でその種が残ったともいえる（たとえば、落葉は冬の風や雪に対して有利である）。葉の色が緑のままでは、どんな不都合があるのだろう？

男子と女子で、名前が違うのはどうしてだろうか。ときどきどちらかわからない名前もあるが、ほとんどは性別がわかる（日本だけではない）。また、人間の名かペットの名かも、わかるものが多い（特に日本では）。何故、区別して「らしく」名づけるのだろうか？

どうして、本は縦長の長方形なのか。絵本や写真集になると横長のものがある。片手で持ちやすい、というだけだろうか。しかし、縦書きの文章をレイアウトするなら、本来は横長が適している。日本の昔の巻物などは横長だった。横長にしたら、本棚にも沢山入るような気がするが。

黒い犬は、歳を取ったとき、どうして白い犬にならないのだろう？

かぐや姫や桃太郎に出てくる老人は、そんな不気味なものをどうして自宅へ持ち帰ったりしたのだろう。普通の常識人なら、逃げ出すところではないか。

オリンピックの百メートル走の記録は、スタートの合図を聞いてから反応するまでの時間が含まれている。つまり、百メートルを最も速く走るだけの競技ではない。自由にスタートさせ、スタートしたときからゴールするまでのタイムを測れば、本来の「最も速く走る人」になるのではないか。全員が同時にスタートしなければならないのは、けっこうなストレスだし、不自由だと思うのだが。

同様に、走り幅跳びは、跳んだ（踏切り）位置から測れば良いし、高飛びも、バーの位置に拘らず、最も高かった地点で測ってあげれば良いと思う。その方がピュアではないか。

それ以前に、高飛びと幅跳びは、その人の身長で割った数字を記録とするべきではないか。フェアというのは、そういうものだと思う。

今思いついたものを書いてみた。きりがないので、このへんにしておこう。「それはそういうものだ」と反応される内容ばかりだが、それでも自由に考えることはできるし、こういった「見方」から新しい発想が生まれることはとても多い。

普通のことを少し変えてみる

無駄にいろいろ考えるなんて暇人《ひまじん》だな、と思われるかもしれない。そのとおり、こういったことを考えるのは、たしかに余裕のあるときに限られるだろう。切羽詰まっている人間には無理である。

対象はなんでも良い。今自分にとって悩ましい問題でも良いし、全然無関係などうでも良いことでも良い。それについて想像してみる。そのままではあまりに漠然として、何をどう考えて良いかわからないだろう。だから、その一部を少し変えてみる。「もしも、〜だったら」といった具合に、仮定した上でどうなるのかを真剣に考えてみるのである。

この「もしも」は、まったくありえないこと、非現実的であってもかまわない。たとえば、「もしも、人間が水の中で生きる動物だったら、社会はどうなっているのか」みたいな感じである。そして、そんな架空の世界では、「国境というものはあるだろうか。国があるだろうか。どんな産業がありえるだろう」とどんどん想像を膨《ふく》らませる。

まるで無駄な思考である、役に立つとしたら、「小説家」くらいではないか、と思われるかもしれない。しかし、大事なことは、その「もしも」という仮定を、いかに沢山、そして常に思い浮かべられるか、という点なのだ。

どうして、これが抽象的な考え方につながるのか、というと、まずは、思考の柔軟さが養われること、そしてもっと大切なのは、物事を抽象化するときには、具体的な条件を排除するわけだから、「もしも、この情報がなかったら」という一種の仮定をしているのに等しい。自分が知ってしまった情報に対して、「もしも自分がこれを知らなかったら」と仮定して考えることが、抽象的思考の基本なのである。

人間関係においても、ある人物の言動が気になったとき、「もし、その人でなければ、自分はどう感じるか」と考えることで、過去の履歴や印象といったものを排除できる。「もしも別の視点から見たら」というのが、客観的な思考になるのも同様だ。

想像力が、この「もしも」の思考を支えるわけだが、しかし、想像すること自体はけっこう簡単なわりに、「もしも」のあとに何を持ってくるのか、すなわち、どんな仮定をするのか、という最初の部分は、ちょっとした発想力が必要になる。ここが難しい、と感じる人は多いだろう。不慣れなため最初は難しくても、だんだんパターンがわかってきて、多少はこなせるようになる。ただ、本当に新しくて面白い「もしも」の発想は、やはり誰にでもできるものではない。

数学や物理学の偉大な発見の多くは、この「もしも」の思考から発想されたものだろうし、それができたのは、普通ではない才能があったとしか思えない。どう学んでも真似ができない、という人が大多数なのだ。

実は、想像という行為のほとんどは、この「もしも」という仮定からスタートしているといっても良い。というのは、まったく新しいものをゼロからイメージすることが、面倒だし、難しいからだ。存在するもの、知っているものを足掛かりにして、そこから「連想」する方が考えやすい。たぶん、幼児は、まったくゼロから抽象的なイメージを持つことができるだろう。成長するほど、現実の具体的な情報を取り込むため、それによって思考の自由度が抑制されてしまう。

そういう具体的な情報に凝り固まった頭を、「固い」という。発想ができず、仮定の思考もできない。それどころか、突飛なことを考える他者まで嫌ってしまう。見回してみよう。こういう頭の固い人が、身近にいないか。

似たような状況がほかにもないか

「なるほど」と思えることは、日常生活におけるちょっとした「学び」あるいは「気づき」であり、「ああ、これは考えなかったな」と思うことは、小さな喜びである。こういった経験が積み重なって、その人の知性が築かれていく。常に学び、沢山のことに気づくことで、知性はどんどん成長し、もちろん常に修正されていく。生きていることの価値とは、この変化にあるといっても過言ではない。

本などを読んで、直接他者の知性に触れるような場合はもちろんだが、自分一人だけでなにかの作業に没頭していても、必ず発見があるだろう。小さなものでも良い。その発見を逃さないことが大切である。

僕は、だいたい一日のほとんどの時間、暖かい季節は庭仕事をしているし、寒い季節は工作をしている。雑草を取っている最中や、金属をヤスリで削《けず》っている最中に、どれほど沢山のアイデアを思いついたかわからないほどだ。それらは、庭仕事や工作に関係のある気づきなのだが、一瞬にして、人間関係、人生のあり方といったものに展開される。「ああ、こういうことって、人間関係と同じだ」とか、「そうか、これは、人生でも大事なことだな」などと連想するのである。

たとえば、草の生長のし方にある種の法則性を見出したり、工作のちょっとした失敗を経験したときなど、「ああ、なるほどね」と感じる。それだけでは、アイデアにはならない。その「なるほど」と思ったことを抽象化し、ほかのものに当てはめてみるのだ。すると、まったく異なるジャンルにも、似た傾向のものがあることを発見できる。ここで初めて、使えそうなアイデアになる。

こういった類似性を見つけることで、その発想はさらに修正され、つまりフィードバックを繰り返し、しだいに普遍的な法則のようなものとして洗練されるだろう。

なにか具体的な例を挙げようと思ったのだが、多くの読者は、僕がたまたま挙げた具体的な例に囚われるだろう。その具体例だけを覚えてしまい、逆に抽象的な本質を意識できなくなる。言葉で説明したり、人を納得させるときに、難しいのはまさにこの点なのだ。だから、それを強調する意味でも、ここではあえて、「特殊なものを観察し、そこから一般化する」と抽象的に述べるに留めたい。

喩えられるものを連想する

もっと簡単に、見たものを別のもので喩える癖をつけることが、かなり有効に思える。これは、具体的な方法に近いので、実践しやすい。日本語には既にこの種の優れた比喩《ひゆ》が沢山ある。「苦虫を嚙《か》み潰したような」とか、「徐《しず》かなること林のごとし」のような、これはちょっと思いつかないな、という喩えが優れている。だから、「蝶のような花弁《はなびら》」なんていうのは落第だ。もっと、連想が遠くへジャンプしていなければならない。聞いた人は、「え?」と一瞬感じるが、しかし、「ああ、なんとなくわかる」となる、そんなぎりぎりの線がベストである。ただ、人に話すために考えるのではないので、まったく遠くへ跳びっ放しでもかまわない。自分で、これはなかなかではないかと評価ができれば、それで充分なのだ。

友達に会って、どうも冴《さ》えない顔をしていたら、「どうしたの? 冷蔵庫を開けたらマヨネーズが落ちたの?」と一瞬で言える人は、この比喩を常に探す癖がついている。アドリブで面白いことがいえる芸人というのは、この種の鍛錬をしている人で、一種の「頭の良さ」を周囲に感じさせるだろう。ただし、一度使ったネタは二度と使わないこと。つまり、発想力を見せることが、評価を受ける条件だからだ。ネタとして持っているのではなく、アドリブで出てこなければ意味がない。

たとえば「甘い言葉」というように、「甘いものは、心地良く、つい食べたくなる」というような理由がある比喩では面白くない。だから、「とろんとした顔」をしている人に、「解けたアイスクリームみたいな顔して」と言っても、それほど面白くない。オチへの関連が明確すぎて、これでは抽象的思考ではなく、論理的思考の部類になってしまうからだ。それよりも、もともとの「とろんとした」という言い回しの方がずっとシャープな比喩といえる。

新しい言葉を作ってしまうのも面白いだろう。僕が作って、家族だけで流通しているものとして、「こんもりする」とか「ずんぐりする」という動詞がある。これは、形ではなく、反応や動作を示している。どんな動作を想像されるだろうか。

創造的なものに触れる

芸術というのは、具体的に役に立たないものである。絵を見ても、また詩を読んでも、音楽を聴いても、清々しく良い気分にはなれるけれど、実生活にはなんの利益ももたらさない（むしろお金がかかる）。もし、ものごとを抽象的に捉える「感性」というものが、その人になければ、本当にまったく無駄なものになってしまうだろう。

感性によって、言葉にできないもの、具体的ではないものに対して、好きか嫌いかを判断して、しかも好きなものであれば、それに接近するだけで楽しめる。この「楽しい」という状態が、非常に抽象的であって、具体的にどういう状態なのか、説明が難しい。楽しいというのは、笑うことだ、と簡単にはいえない。楽しくて、泣くことだってある。

若い人は豊かな感性を持っている、と言われているが、感性というのは、ある程度は育つものだし、また、使わなければ衰えるものにも見える。もし、衰えるとしたら、やはり、具体的なものに支配される結果として、抽象的なものから遠ざかるためだろう。

芸術に触れたときに大切なのは、これは自分にとって価値があるかどうか、という判断をするつもりで感じることだ、と思う。もちろん、価値があるかないか、だけの二者択一ではない。中間だってあるし、とりあえず保留しようと感じることもあるだろう。いつか気に入りそうな予感がする、というような気持ちも大事にした方が良い。価値がわかりにくかったら、点数をつけたり、値段をつけたりするのも一つの方法だが、しかし、そうして数字にすると具体的になりすぎ、また限定されてしまい、それ以後、自分の思い込みに縛られる。ここは注意が必要だ。また、自分が下した評価を人に公開するのも、できるかぎり控えた方が良い。他者に、そういう数字などで影響を与えることは、僕には邪道に思える。影響を与えたかったら、自分が何に感動したかではなく、自分で感動を作り出すことを考えてほしい。

注意したいのは、芸術を評価する目というのは、裏データを知る必要がないことである。その作品は誰が作ったのか、どんな経緯で作られたものか、社会でどう受け止められているか、というデータを知ってから評価するのでは遅い。そういったものを一切捨て去ることが、芸術を見る審美眼であり、まさに抽象である。頼りになるのは、自分の感性だけだ。これをしなければ、芸術に触れる意味がないとさえ思われる。

人の評価を気にする人は、ただ人と同じ気持ちを共有したい、という感情で作品に触れているだけだ。それは、みんなが笑っているから私も笑う、というロボットのような動作であって、人間の感性のすることではない。

芸術の本質とは、貴方の目の前にある作品と貴方の関係なのである。

自分でも創作してみる

感性で体験するものは、「解釈」や「理解」ではない。つまり、感じたものを言葉にしてしまうことは、感じたものの一面を具体化しただけで、全体のイメージではない。これは、絵や音楽ならばそのとおりだと思われる人が多いだろうが、もともと言葉によって創作された、詩や小説なども実はまったく同じである。言葉で表されていても、それを言葉で理解することは、僕は間違っていると思う。しかし、いわゆる評論家というのは、これを無理にしている人たちである。間違っているとはいっても、間違ったものが欲しい一般大衆がかなりいる。なんでも良いから具体的な解釈や理解が欲しい、「わからないよりはましだ」と考える人たちがいる以上、需要があるということだろう。

しかし、繰り返すが、「わからないよりはまし」ではなく、「わかるより、わからない方がまし」なのである。抽象的にものを見ることができない人が、言葉に頼る。わからないままにしておけないのは、それだけ思考能力が衰え、単純化しないと頭に入らない、という不安があるためだろう。これは、「わかってしまえば、もう考えなくても良い」という、思考停止の安定状態を本能的に求めているわけで、「お前はもう死んでいる」と言われそうな状態に近い。

さて、では、芸術に触れて、わからないものをわからないままにしたら、いったいどうなるのか。ほぼまちがいなく、自分もそのわからないものを作ってみようという動機になる。「わからないもの」と書いたが、それは単に「綺麗なもの」「凄いもの」つまり、「感動できそうなもの」なのである。

芸術に触れたときには、ただ「感動した」という評価を持てばそれで充分だろう。学校では読書感想文なんてものを子供に書かせているが、そのような言語化をさせることに意味はない（現に、多くの感想文には具体的なあらすじが書かれている）。感想文を書くことが上手になれば、きっとその分、芸術家になれなくなるだろう。解釈という単純化が、芸術を単なる技術にしてしまうからだ。せいぜいなれても二流の芸術家だ。

創作を自分で行うには、「感動できるけれど言葉にならないもの」、そんな「わからないもの」を自分の中に持っていなければならない。それは、もともと自分の中にあったものではない。人間は、生まれたときには空っぽである。考えて作り出せるといっても、それは外から取り入れたなんらかの刺激があったからだ。その刺激を解釈してしまえば、それは具体的な学問になる。しかし、芸術の創作は、「わからないもの」をわからないまま自分の中に取り入れた結果として可能になる「変換行為」だ。抽象的なものを持っていることが、創作への主たる動機になる。

「なんか、こういうのって良いな」と思ったその気持ちを、そのまま自分の中に持ち続けていれば、その「なんか良いもの」を自分も生み出したくなる。したがって、創作へ向かう欲求には、抽象的なものの捉え方が根底の部分で不可欠なのだ。

抽象化する力が不足している人は、創作するものが、人真似になるだろう。自然にそうなってしまう。それは、まだ具体的なものに囚われている証拠で、自分が目指すものが、充分に抽象化されていないことを示唆している。

それでも、ものを作り出そうという気持ちを持つだけで、ものの見方は変わる。世の中に既に存在するものは、全部具体的なものであり、自分がこれから作ろうとするものは、まだ存在しないのだから、最初は少なからず抽象的だ。抽象的なものから出発して、それを具体化していく行為を「作る」あるいは「創る」と呼ぶのである。

どんなものでも、自分で考えて作り上げる体験が、最も抽象的な思考力を養うだろう。

歳を取ると、頭は固くなる？

歳を取るほど頭が軟らかくなるという人は、まずいない。みんな、子供の頃の方が柔軟である。知識量が増すことが、自由な思考を阻害するし、もちろん、思考力自体が、脳細胞の老化で落ちているのかもしれない（個人的にはあまり感じないが、感じないほど衰えているのかもしれない）。脳内のネットワークは、回線が増すので、頭脳自体の機能性は成長しているだろう。特に、論理的な思考力は、学習や経験によって強化される。しかしどうやら、無意識のうちに自分で自分の発想を論理的に吟味してしまうようになり、突飛な思いつきを即座に捨て去ってしまう回路まで発達してくるように思える。

論理というのは、AならばBという道筋が通れるか通れないかを確かめ、一旦それが通れる（つまり真）とわかれば、以後は判断さえしなくなる、という「合理化」のことである。しかし、そもそも「Aのようなもの」は、いつも必ずしも「Bのようなもの」ではない。抽象的なものには、論理が完全には適用できない。また、論理的思考というのは、発想があったあとに、それを吟味する役目のものである。論理的にいくら考えても、新しいことを思いつくことはできない。

このような理由から、歳を取った（経験を重ねて論理的になった）頭脳は、「固く」なるのだろう。したがって、年寄りは、なにごともぱっと決めないで、焦らずに、ゆっくりと考え直すようにした方が良いと思う。若者よりも頭の回転速度が鈍っているのだから、なおさら余計に時間をかける必要もあるはずだ。幸い、近頃はけっこう自由な時間を持てる環境にある老人が増えた。この際だから、よくよく考えて、自分の頭をほぐしてみてはいかがか。

大人たちがまず学ぶべき

教育の話をしていたのに、老人向けの「ぼけ防止法」みたいな話題になっていないか、と感じられただろうか。残念ながら、「ぼけ防止」については、僕はまったく関心がない。ぼけるのが当たり前だと思っているし、僕はといえば、若いときから相当ぼけていた。また、自分の仕事仲間や遊び仲間の中には（九十歳くらいまで沢山の老人とつき合いがあるが）、幸いにして、僕よりもぼけている人がいないので、それほどこの問題を身近に感じていない。病気といえるレベルの人はそれなりに周囲が大変だと思う。それでも、死ぬことと同じく、やはり自然な現象ではないか、としか言いようがない。

話を戻そう。子供に「客観的な見方」や「抽象的な考え方」をもし教えられるとしたら、それは、子供になにかを学ばせるよりもさきに、子供の周りにいる大人たち、つまり親とか家族が、それをできるようになる必要がある。「子供にだけはちゃんと学ばせたい」なんて甘えた考えは捨てた方が賢明だ。自分にできないことが、子供にできるはずがない、と考えた方がずっと現実的だろう。まずは、育てる人間が努力をすべきだ。自分はもう歳を取ったから無理だよ、と考えるような人に、子供を教育できるはずがない。また、誰かに任せようなんて考えも、非常に甘い。

歳を取った人間の頭が固いと、そういう人に接している子供は、自然に常識に逆らわない、つまり頭の固い人間に育つ。例外的に、そんな環境でも柔軟な思考をする子供がいるけれど、それは、情けない大人を嫌って反発した結果である。反面教師というわけだ。「その手はあるな」と思った人もいるかもしれないが、こんなトリックを仕掛けて成功させるのは、かなり難しいだろう。奇跡的に上手くいく可能性もゼロではないが、方法としては危うい。わざと嫌われることは、人間には非常に難しい行為だからだ。

子供には、注意して接しよう

子供と一緒にTVを見ているときも、ただ笑ったり、「そうだよな」と頷《うなず》いたりするのではなく、いちいち文句をつけた方が良いだろう。「こんなこと言っているけれど、本当かな」とか、「そんなの当たり前じゃないか」とか、つまり、TVのコメンテータがけっして言わないことを呟《つぶや》くのである。それを聞いている小さい子は、ああ、そういう見方もあるのか、見たものをそのまま受け取ってばかりではいけないのだな、とそのときどきで心に留める。これは、良い訓練になると思われる。「文句」というと言葉は悪いので、「鋭い指摘」と言い換えても良い。

もう一つ、子供が突飛なことを言ったら、それを評価してやることが大事だと思う。「馬鹿なこと言っているんじゃない」などと無下《むげ》に否定してはいけない。

いつだったか、（たしか新聞の投稿で）子供が満天の星空を見て、「蕁麻疹《じんましん》みたい」と言ったことに対して、「近頃の子供は夢がない」と嘆く論調のものがあったが、とんでもない話である。その子供の発想は素晴らしい、と褒めなければならない。星空は綺麗なものという固定観念に囚われている方が、明らかに「不自由」な頭の持ち主であろう。

抽象的な思考力というのは、日頃から常に、既成概念に囚われないことを心がけて、少しずつ自分の中で育てるしかない。短期的にこれを習得することはできない。つまり、抽象的にものを見る経験の蓄積でしか得られない能力なのである。抽象的な見方を縦軸にして、横軸に時間を取ったグラフの場合、抽象的思考力は、その積分に比例して育つ、といえばご理解いただけるだろうか（余計に難しいかな……）。

第4章　抽象的に生きる楽しさ

なにものにも拘らない

あちらこちらで書いていることだが、僕の唯一のポリシィは、「なにものにも拘らない」ことである。作家になって以来、何故か「座右《ざゆう》の銘《めい》」なるものを尋ねられる機会が幾度かあった。そういうものは持っていなかったし、なにか適当なものがないか、と考えたけれど、どれもしっくりくるものがない。「座右の銘はない」でも良かったが、やや大人げない。そこで、もう少し一般化して、オリジナルだが、「なにものにも拘らない」にしたのである。抽象的思考とは、具体的なものに拘らないことであり、参考になるかもしれないので、このポリシィについて、少しだけ詳しく語ろうと思う。

本章では、僕自身がどんなふうに考え、どんなふうに行動して日々過ごしているのか、という具体例を書いていく。これは抽象的なものではない。したがって、あまりこの一例に囚われないでほしい。こうしなければならないという手本の類では全然ないし、こうすれば良いという好例でさえない。人は、それぞれが自分に合った、自分が信じる生き方をすれば良い。僕が言える抽象的な指針は、それに尽きる。

さて、どうして「なにものにも拘らない」ようにしようと思ったのか、といえば、それは、自分の周りの人たちを見ていて、「ああ、この人は囚われているな」と感じることがあまりに多かったからだ。ほとんど全員が、囚われているというか、支配されているのである。その囚われているものというのは、常識だったり、職場の空気だったり、前例だったり、あるいは、命令、言葉、体裁、人の目、立場、自分らしさ、見栄、約束、正義感、責任感、などなど、挙げていくときりがない。

もちろん、僕自身も数々のものに囚われていた。簡単には自由にならない。根本的なことだが、生きていくためには、少し嫌なことでも我慢し、仕事をこなして金を稼ぐ必要がある。これは、そういう社会の仕組みに囚われているからにほかならない。これが嫌なら、社会から抜け出して、どこか山奥で一人、自給自足の生活をするしかないが、こうなるとまた多大な労力が要求され、むしろ不自由になるかもしれない。何故このようなジレンマに陥ってしまうのか、と突き詰めて考えれば、それは「生きる」ことに囚われているからだ。生きなければならない、と思い込んでいるから、我慢をしなければならない。だったら、死んでしまえば良いのか、というふうに考えが及んでしまう。

当然ながら、誰もが自殺について考えたことがあるだろう。それをしないで生きているのは何故なのか？　この問いは、非常に重要なものである。棚上げにすることはできない。しかし、この答を具体的に語れる人も少ない。少なくとも、僕はできない。ただ、なんとなく、生きていた方が良いような気がする。ここでも大切なことは、「ような気がする」という極めて抽象的な方向性なのである。

すなわち、そもそも人が生きている、人を活かしているものは、抽象的な、ぼんやりとした理由でしかない。探究すれば、もっと深く考えることも可能だろうけれど、しかし、けっして具体的になるものではないだろう。そう予感する、あるいは想像できるのである。

であれば、その抽象的な基盤の上に築かれる人生というものは、そんなに具体的に決めつけられるものでは、そもそもないのではないか。なにかを極めるのも良いけれど、べつに極めなくても良い。なにかに夢中になるのも良いけれど、特に夢中にならなくても良い。死にものぐるいで頑張るのも良いし、そんなに頑張らないでも生きていける。人の生き方というのは、そういうものだ、と僕は思っている。

無意識に拘ってストレスになる

人は、年齢を重ねるうちに他者との関わりを深めていく。がんじがらめになっている人も多い。特に、自分は人からどう見られているか、というイメージが次第に確立してしまう。一旦そうなると、自分らしく保たなければならない。今さら、これまでのものを無にするような真似はできない。そういうふうに自分を縛って、追いつめるようになる。僕もそうだった。

これらは、すべて外的要因が発端ではあるけれど、実際には、それを自分で容認しているわけだから、知らず知らず内的要因に変化する。人間関係も社会的立場もすべて、自分を縛っている縄《なわ》の一方は、自分自身が握っているのだ。

だからあるときに、「そうか、ストレスの主原因というのは、自分の思い込みだな」という考えに至った。そこから、「できるだけ拘らないようにしよう」という抽象的な目標を、自分の一番高いところに掲げることにしたのだ。

抽象的な目標は、すぐには実現しない。具体化が、それなりに難しい。できること、小さなことから少しずつ積み重ねていくしかない。いくら思考が抽象的でも、自分の肉体は具体的な存在だし、社会の中で具体的な立場に既にあるからだ。

研究者という職業

ところで、僕が「拘らないようにしよう」とか、「もっと抽象的にものを考えよう」と思うようになった一番大きな原因は、僕の仕事が研究だったからである。これは、たぶんまちがいない。想像するかぎり、研究者よりも抽象的な仕事はないと思う。

一般的な仕事の多くは、具体的な課題に向き合い、また具体的な成果を収めなければならない。そういう立場であれば、どうしても目の前にある具体的な事象に囚われる。ある意味、囚われないと仕事にならない。抽象的に考えていたら、悩むことが多すぎて、時間的なロスも増す。また、ほとんどの仕事は、一人ではなく、他者と協力し合って進めるものだ。自分に選択ができる自由は非常に限られている。研究者でも、民間の研究所の一員であれば、こういった傾向が強くなるだろう。

しかし、大学の研究室にいた僕は、自分一人で研究を進めるような立場だった。しかも、理論的な分野が専門で、チームで行うようなものでもない。もちろん、指導する大学生、大学院生、研究生、助手というチームは存在するけれど、事実上、アイデアを出すのは僕の役目であるし、ほかのみんなが全員いなくなっても、時間的に忙しくなるだけで、研究が進められないという事態にはならない。そんな環境だった。

これに似ている仕事として、僕が一つだけ思いつくのは、芸術家である。これは、ある意味で研究者ととてもよく似ている。科学を扱うか芸術を扱うか、論理を使うか感性を使うか、という違いはあるものの、結局は自分の「発想」が頼りとなるし、効率とか、人間関係といった現実的なものにあまり囚われない、基本的に無縁の作業として成立する職業だ。

世間の人は、大学の先生とは、社会から隔絶された環境にいる人間で、現実社会の厳しさを知らないだろう、と想像しているはずだ。ところが実際には、大学の先生は、会社でいえば、社長も社員もバイトも含めて、全部の仕事を一人でしなければならない。営業も広報も人事も秘書もすべて自分でする。技術もマネージメントも人に任せることはない。また、大学の運営の仕事があり、学会の委員会がある。これは政治ではないか、と思える仕事も多々ある一方では、お客が訪ねてくれれば、自分でお茶を淹《い》れて出さなければならない。代わりに電話に出てくれる者はいない。教授でも、コピィは事務室まで自分で撮りにいくのである。

だから、普通の会社員よりは、世間というものをたぶん理解しているだろう、と僕は思う。ただ、人間関係がこじれたときに、「あいつとはつき合わない」という選択ができる。自分の研究、自分の研究室という逃げ場があるからだ。また、なにをしていても、首を切られることがない。その最低限の安全が保証されている点も、自由でいられる大きな要因だろう。

研究とはどんな行為か

大学の運営や学生の指導にはノルマがあるが、研究にはノルマはない。だいたい、隣の部屋にいる同僚だって、何の研究をしているのか詳しく知らない。研究が進まなくても、成果がまったく上がらなくても、文句を言われたり、左遷させられることもない。研究というのは、「開発」ではないので、目標というものがしっかりとはわからない。ものになるかならないか、さきの見通しなどは、単なる個人的な願望のレベルだったりする。

特に、最先端分野になるほど、チャレンジと失敗の繰返しだ。失敗することも確かな成果だと認識できるくらい。つまり、上手くいかないことがわかっただけでも、発見なのである。

世間の人がよく誤解をしていることがある。研究とは、「調査」だと思われがちだ。たとえば、文献を調べて、関連するものを見つけ出す、という作業がある。しかし、僕の認識では、これは研究ではない。研究のための準備か、あるいは確認作業だ。また、実験も同じで、なにか思いついたことを確かめたり、あるいはやっているうちに新しいことを見つける行為にすぎない。だから、調査も実験も、抽象化すれば、ほぼ同じ作業だといえる。研究のために必要な作業ではあるけれど、研究そのものではない。

では、研究というのは、どんな行為なのか、といえば、考えて考えて、思いついて、そして、それを確かめる、もし確かめられなかったら、また考えて考えて、思いつく、という繰返しである。運良く上手く事が運んだときには、論文を書く作業も仕事のうちである。時間的には、考えている時間か、確かめている時間が最も長いけれど、しかし、なくてはならないのは、やはり思いつくこと。すべては、発想に起点がある。それは、時間にすれば、ほんの一瞬のことだ。

最初は大変だったけれど、それが習慣になると、もちろん頭もそれに慣れてくる。そして、まあやっているうちになにか思いつくだろう、という予感みたいなもので、見切り作業を進められるようにもなる。スタッフを動かして、研究費を投入して、時間をかけてプロジェクトを実施するわけだが、結果が出るかどうかはわからない。それでも、僕一人の予感だけで、すべてがスタートするのである。

思考空間を彷徨うトリップ

若いときには、とにかくのめり込んだ。夢中になった。生きていることも忘れるくらいだった。たとえば、食事を三日くらい忘れていたこともあるし、トイレでも風呂でも、そして寝るときでさえ、そのテーマが頭から離れなかった。なにを見ても、自分が考えているテーマに見えてしまう。そういう抽象的な思考空間を彷徨《さまよ》うような体験をすることは、普通の人には滅多にないだろう。これが仕事だなんてことは綺麗さっぱり忘れてしまい、現実世界の自分が今、何歳で、どこにいて、たとえば、家族はいるのかいないのか、そういうことさえ、数秒間思い出せないくらい、「あっちへ行ってしまう」のである。

三十代になって、助教授（のちに准教授に名称が変更）に昇格した頃には、そういったトリップは、もう少なくなっていた。スタッフも増え、研究費も増えたし、同時に責任も増した。遠くへ出張して、会議に参加することが多くなり、他の研究者と会う機会も増えた。大学内の仕事（運営や教育）も忙しくなるので、もう研究は若い人に任せなくてはならない立場になった。そうでなくても、あんなトリップができるのは、やはり若い頭脳だけだろう、と今になって思う。

このように世間離れした研究者でも、その分野でトップへ上り詰める頃には、当該分野の常識を身につける。この常識のない若い研究者ほど、突飛な発想をし、斬新な研究アイデアを思いつくだろう。若い人がやろうとしていることに対して、つい「それは上手くいかないよ」とアドバイスしたくなるが、それを言わないように、いつも自分に言い聞かせていた。僕自身、みんなから「上手くいかないよ」と言われたことに挑戦をして、結果的に一人前の研究者になれたのだ。

常識が障害になるといっても、今さら、まったく新しい研究分野へ飛び込むのも難しい（海外ではときどきそういう人を見かけるが）。それを縛る主たるものは、やはり「立場」というものである。常識をわきまえた大人になると、子供のような自由な発想も行動もできなくなる、という点では、一般社会とまったく同じだ。

職業にも拘らない

僕の場合、では、いっそのこと、研究者ではないものに転職しよう、と考えた。三十五歳を過ぎた頃だったと思う。目をつけたのは、芸術的な分野である。もともと絵が好きだったので、これを最初に考えたが、しかし、職業としてはいささかチャンスが少ないように思われた。特に、自分の年齢では可能性は低い。それに、稼げないうちは、現在の仕事を続ける必要があるから、それほど時間が割けない。睡眠時間を削ったとしても、一日にせいぜい三時間程度しか捻出できないだろう。絵を描く作業というのは、時間がかかるものである。

写真家という職業も考えた。高級なカメラを持っていなかったが、デジカメが出始めた頃で、興味があった。写真ならば、比較的時間がかからない。ところが、太陽が出ている明るいときに自然を撮影したいと思っても、その時間は勤務中だ。夜中の写真ばかり専門に撮るというのも考えたけれど、自分の持っている器具では、少々無理がありそうだった。タイミング的に合わない。

絵と写真を候補として考えたのは、それが大好きだったからではない。大好きなものといえば、模型工作だが、好きなものは感情移入が激しいから、職業には向かないだろう、と僕は考えていた。絵と写真が好きだったのは若い頃の話であって、もうすっかり厭《あ》きてしまっていた。ただ、人よりは多少腕に覚えがある、という有利さがあったから考えたわけである。

振り返ってみると、そもそも研究がやりたい、という強い希望があったわけでもない。研究がどんなものかも知らなかったのだから、好きも嫌いもなかった。ただ、抽象的なイメージとして、一人で黙々と進められる時間、あまり体力を使わない作業、といった条件でぼんやりと想像していただけだ。就職するとき、同級生よりも給料はずっと安いし、実質的な勤務時間は絶対に長いし、おまけに残業手当など一銭もつかない職場だった。それでも、自分には向いているだろう、とぼんやり予感してなったものだった。

小説家という職業

結果的に、あれこれ考えて、小説を書くことにした。これは、道具がいらない、という好条件がまずあった。道具と呼べるものはパソコンだけで、これはいつも使っている。

仕事でも使っているし、プライベートでも多用していた。また、仕事柄、文章を書くことが多い。子供の頃は国語が大の苦手だったけれど、仕事で書いているうちに日本語に慣れてきた。たぶん人よりも速く文章を書くことができるだろう、との自己評価もあった。

小説というものを書いたことはなかったので、どんなふうに書けば良いのかわからないが、しかし、小説を読んだことはある。どういうものかもわかっている。だから、書いているうちに、効率の良い生産方法を見つけることができるだろう、と思い、とにかく書いてみることにした。書こうと思った次の日には、もう書いていた。

長編を何作か続けて書いたが、自分なりの書き方がだいたい決まったのは、三作めだったと思う。その後も少しずつ修正を加え、十作めくらいには、ほぼ手法的に確立した。このあたりの詳しい経緯は、既に他書で記しているので、ここではこれくらいにしよう。

小説を書くことで、これまでにない体験を幾つかした。それらはなかなかエキサイティングで、想像していたとおり、研究の初期に味わった感覚とよく似ていた。つまり、抽象的なものをぼんやりと考え、発想し、それから具体的な計算をする。研究の場合は、上手くいく確率がかなり低く、上手くいったときだけ発表するわけだが、小説は、上手くいったかどうか判然としないし、とりあえず、なんとかなってしまう。自分で上出来だと思っても、売れなければ仕事としては失敗だし、これは失敗作だと感じていても、予想外に人気が出るものも珍しくない。

しかし、作業としては、両者は非常に似ている。その本質は、キーボードに向かい、考えながら、文字を書くだけである。たまたまミステリィというジャンルを選んだので、論理的な思考を取り入れる点でも類似していた。ただ、小説における論理性というのは、はなはだ初歩的なレベルのものでしかない。そうでないと、一般読者に受け入れてもらえないからだ。

そう、一番の違いは、この「受け入れてもらう」という点にあった。研究は、一般の人に受け入れてもらう必要がほとんどない。正しければ受け入れられるし、間違っていれば受け入れられない、というだけだ。特に、大学の先生は、給料をもらって自分の好きなことを研究しているから、スポンサの機嫌を取るわけでもなく、商品化に結びつかなくてもかまわないし、たとえ競争に負けても、経済的な損失はまったくない。

一方で、小説家は、人気商売であるから、自分のやりたいことを勝手気ままに進めるわけにはいかない。基本的にはそうである。ただ、僕の場合は、もともとの職業があったし、デビュー作が出版されたときには、既に三十八歳だったから、小説家としての地位をずっと守り続けようという野心もまったく抱かなかった。

　これまで、ベストセラになるような作品は一つもなかったけれど、幸運なことに、気に入ってくれた人たちがある程度の人数存在して、次々と書いているうちに、当初予想していた額をはるかに上回る収入が得られるようになった。

小説のための発想

　僕の小説の書き方というのは、非常にシンプルである。キーボードに向かったとき以外は、具体的なことは考えない。あらすじも決めないし、誰がどんな性格だとか、誰が死ぬとか、どうやって事件が解決するとか、なにも決めない。ただ、抽象的に、ぼんやりとした雰囲気のようなものを常に考える。最初にタイトルを決めるけれど、タイトルが決まったあと、三カ月以上、ぼんやりとイメージをする。それは、言葉として書き留めることができないので、全部頭の中に仕舞っておくしかない。僕は、メモというものは一切取らない。これは、研究でもそうだった。メモを取ろうと思った瞬間に、つまり、言葉にしようとすることで失われるものが多すぎる。どうせ最後は言葉にするのだ。メモよりは、本文を書く方が言葉の数が多いので、失われるものは最小限になる。発想したときメモを取るくらいなら、発想しながら本文を書いた方が効率的だ、と考えている。

タイトルを最初に決めると書いたが、一作めは、さきに話を決めて、あとからタイトルを考えた。ところが、これがもの凄く難しい。適当なタイトルなんてない、と結論できるほどだった。ほかの芸術作品だったら「無題」としたところだが、小説はこれが許されないみたいだ。しかたがないので、二作めからは、タイトルをさきに決めることにした。そうすれば、タイトルに合わせた内容にすることができるので、必然的に適当なタイトルになりやすい。

話もなにも決めていないのに、タイトルが決められるのか、という質問を受けるのだけど、抽象的なイメージは持っているので、それに合わせてタイトルを選ぶ。百くらいは候補を考えて、その中から決める。組み合わせを全部含めると、五百通りくらいのタイトルの候補があるだろう。これらも、特にメモを取らない。覚えているだけなので、忘れてしまうものもあるが、忘れたのはインパクトがない証拠だから、自然淘汰というものだ、と思う。

発想するから、「体験」ができる

タイトルを考えるときもそうだし、文章を書いているときも、ときどきリズムが先行することがある。つまり、「ここは、ふふん、ふふってふふいた、みたいな文章が欲しいな」という具合である。それで、そのリズムに合う言葉を選ぶ。意味は二の次になる。あるいは、できるだけ無関係な言葉を持ってきて、その突飛感を強調したい場合もある。また別のときは、「シャ」で始まる熟語が欲しいな、とか、「ヴィカなんとか」という言葉はないかな、という具合に考え、思いつかないときは、辞書で探したりする。

これは、リズムの良いものがほしい、意味が飛んでいるものがほしい、という抽象的な欲求に基づいている文章作成法といえる。また、「なんとなくエキセントリック」にしたいとか、「どことなく不気味な空気を漂わせたい」などの気持ちもある。こういった「フィーリング」が最初にあり、一番優先されるベースになるものだ。そのベースがしっかりとしていれば、途中で不安定になることはない。あとは、その上に具体的な飾り付けをしていくだけの気楽な作業、それが執筆である。

ディテールというのは、最初のイメージを隠してしまうものだが、読み手には、案外最初のイメージが伝わることもわかった。人間というのは、けっこう似た感性を持っているようである。人間ならば、多かれ少なかれ「抽象化する能力」があるからだ。

ただ、小説を沢山読んでいる、いわゆる小説ファンの多くは、どちらかというと、やはりストーリィであるとか、キャラクタであるとか、具体的なディテールに触れたい人たちであって、読んでいる最中に、その世界の中に自分がいるような感覚で、考えるというよりは、むしろ身を任せるような疑似体験を欲している。

小説というのは、非常に具体的な読み物だ。活字を追っていくと、ある人物を通して時間が流れていく。実体験するのと同じように、時間が経過し、だんだん見えてきたり、新たなことを知ったり、あるいは騙《だま》されたり、驚いたりするようにできている。ただ、身を任せるという意味は、自分の判断が影響しない、ということだ。ゲームなどが、この不足感を一部補うものだろう。でも、できるのは発想ではなく、単なる「選択」でしかないので、小説もゲームも基本的には、ほとんど同じレベルの体験だ、と僕は感じる。

ただし、小説を執筆する側は、本当に「体験」するのである。そこには、自分の発想があり、判断があり、現実に近い楽しみも驚きもある。はっきり言って、読むよりは書いた方が何百倍も面白いことは確かだろう。

「ものを作る」という体験

人生というのは、自分しか経験できないが、小説を書くと、自分以外の経験ができる。現実の自分の体験に比べれば、かなり希薄であることは否めないが、それでも、何作も書き続ければ、「人生を二倍楽しむ」なんてキャッチコピィをオビにつけても、まあ許容できるかな、というぐらいには当たっているだろう。

実は、小説以外のものでも、この種の体験がある。新しいことにチャレンジすると、どこにだって、新しい人生があって、そこそこに楽しい体験になるはずだ。大事なことは、人が用意したものを受け取るのではなく、自分の発想で進んでいけるようなものであること、それが条件である。抽象的すぎるかもしれないが、一番簡単な単語で表現すれば、それは「創る」ことだろう。「作る」でも良いが、設計図や、組立て説明書があるようなキットでは、発想が体験できない。複雑で難しいキットでも、せいぜい「推理」と「解釈」があるだけだ。

ものを作るときには、まず何を作ろうか、と考える。作りたい気持ちはあるけれど、作りたいものがあるとはかぎらない。これが抽象的な指向である。そうではなく、作りたい気持ちは大してないけれど、作りたい（できれば、誰かに作ってほしい）ものがある、というのが具体的な指向になる。前者の方が良い状態だと思う。芸術家はだいたいそちらだろうし、また研究者も確実に前者である（なにしろ、作りたいものが何かわからないのが、本当の研究だろう）。

だからといって、「なにか作れ」と言っているわけではない。作りたいと自分で思わなければ意味がない。そもそも、押しつけられたものでは楽しくもない。

「方法」に縋らない

普通に仕事をしている人にとって、自分の自由になる時間はそれほど多くはないはずである。学業や仕事以外にも、友達づき合いや家庭サービスがあり、それ以外にも数々の「避けられないルーチン」がある。自分の生活を向上させたい、なんとか楽しみを増やしたいという抽象的な気持ちを持っていても、具体的に行動できるような時間がない。

そう、「時間」というのは、非常に具体的なものなのである。長さ、重さ、力などと同じく数字で表現することができ、万人に共通する物差しの一つだ。簡単に、長くしたり短くしたりできない。大変に切実な具体的問題、それが時間というものだ。

そんな限られた時間の中で、自分に押し寄せてくる雑多な不自由を、よく観察してみよう。本当に必要なものだろうか、と考えてみよう。ついつい流されているものがないだろうか。ただ単に、「当たり前だから」「みんながしていることだから」「やらないと気が引けるから」「ずっと続けてきたことだから」「断るのもなんだから」という弱い理由しかないものに縛られているかもしれない。

もし、「もう少し楽しく生きたい」という気持ちが強ければ、なんとかして時間を作ることになるだろう。方法なんてものはなく、それぞれができる範囲で、なんとか捻《ひね》り出すしかない。荒っぽく言えば、「なんとでもなる」と言いきってしまっても、嘘ではない。具体的なものから解放される、その手法が具体的では面白くないかもしれないが、こればかりは、各自が具体的に検討するしかない。ただ、楽しいものを求めるときに、楽しくない手法では元も子もないという場合もある。

このように考えていくと、やはり「こうしなさい」という方法に縋《すが》らないことが最も大事だと思われる。人間というのは、遠くに目標が見えているのに、目の前に道があれば、方向が違っていても、もう今の道を歩くしかない、となってしまう。そのうち、下ばかり見て、道しか見なくなる。具体的な手法を与えられると、その手法に拘ってしまい、目標を見失うことだってある。手近な作業に没頭することで、小さな安堵《あんど》を得てしまう。それも小さな楽しみにはちがいないが、それによって、もっと大きな本当の楽しみを見過ごすことになる。自分でそれがわかっていても、ついつい近くの安心に逃避する傾向がある。心当たりはないだろうか。

具体的な方法ほど実は怪しい

とにかく、世の中は、具体的な方法に関する情報で溢れ返っている。こんなに沢山の情報が存在できる理由は、結局それらの方法では上手くいかないからである。もし、一つでも確実に上手くいく方法が存在するなら、自然にほかのものが淘汰されるはずだ。たとえば、本書は、抽象的思考をした方が良い、という内容のものだけれど、本を売りたい出版社は、オビに「発想力を身につける五つの方法！」みたいな文句を書きたがるだろう。そういうものにつられる読者が多い、とわかっているからだ。

しかし、「発想力」あるいは「抽象力」といった具体的な能力を、僕は明確に定義することができない。そういう力が、どこから生まれるのかわからないし、何を生むのかさえぼんやりとしている。そして、その力を身につける方法というものを、僕は知らない。こうした方が良い、という提言さえ非常に曖昧に（抽象的に）しかできない。

読者の貴方が、何歳なのか、どんな境遇なのか、僕は知らないのである。それなのに、どうして「こうすることが貴方のためです」と具体的なことが書けるだろうか。書ける方がおかしい、と僕は思う。

人生の楽しさというものは、人それぞれだし、そもそも「楽しさ」という概念が人によって異なっているはずである。常識的に生き、なにも考えず、会社や家族に尽くし、己を滅して生きることが楽しさだ、という人だっているにちがいない。そういう人には、本書の内容自体が、まるで馬鹿馬鹿しい巫山戯《ふざけ》た思想に見えるかもしれない（きっと、そういう人は、こんな本を手に取らないだろう）。

自分に合いそうだ、と感じる人だけが、なにかしらのヒントを得るか、あるいは、自分も少し考えてみよう、といった元気や切っ掛けを得るか、せいぜいそんな機能しかないのが、本書に書かれているコンテンツである。抽象すれば、そういうことになる。

さらに抽象すれば

だが、さらに抽象すれば、結局はみんなが、自分の楽しさのために生きているということでは、まったく同じだといえる。たとえば、意見が対立して喧嘩をしている二人を観察しても、どちらも自分の利益を求めて譲らず、それが争いの元になっている。違っているから喧嘩になるのではなく、同じことを考えているから喧嘩になるのだ。

考えてみれば、人間と石はあまり対立しない。それは、人間と石がだいぶ違うものだからだ。人間と犬だって、滅多に喧嘩をしない。対立するのは、人間どうしなのだ。小さな子供と老人が言い争いをすることも稀《まれ》である。似た者どうしが喧嘩をする。国どうしが対立するのも、お互いが、似たレベルで、同じように考えているからである。

ふと、そんなふうに、物事を抽象すると、くすっと笑えないだろうか？

領土問題だって、「自分のものだと思っているものを取られそうになったから、かっとなっている。お互いに同じように考えている。結局は、似た者どうしなのだな」と微笑ましくなる。

抽象化にはレベルのようなものがあって、抽象度のレンジを切り換えるように、視点を上げていくようにイメージできる。今見ているものを、少し高いところから見る、もっと高く富士山の頂上くらいから、さらに離れて、人工衛星から、そして、太陽系、銀河系、という具合に遠く離れたところに自分を置いて考えてみる。そうすることで、細かいものが見えなくなり（どうでもよくなり）、本質がどこにあるのか、という考えに自然に至るだろう。おそらく、山に籠《こも》った修行僧などが求めていた視点にちがいない。人生なんて、長生きしてもたかだか百年ではないか。さらにもっと未来を見れば、いつかは地球は太陽に呑み込まれ消滅してしまうだろう。自分がどう生きようが、最後はすべてが無に帰すのである。それは確実なことなのだ。

一人の人間に注目しても、その人はいつ死ぬかわからない。僕も貴方も、明日生きている保証はない。明日くらいならば、生きている可能性が高いかもしれないが、いつかは死ぬ。これは確実なことだ。そういう意味では、みんなの未来は確実に保証されている。

なにもかも虚しい？

このように、抽象的に見るために客観性を増して遠望すると、「すべてが虚しくなる」という人もいる。そのとおり、虚しいと僕も思う。しかし、「虚しくなるから考えない」というのも理由として変だ。おそらく、「虚しいことは悪いことだ」と思い込んでいるのだろう。

日本には古来、虚しさを楽しむ文化があるではないか。人生の目的は、虚しさを知ることだといっても良いかもしれない。追求すべきものであり、忌《い》み嫌って避けるような対象ではないはずだ。

人生を楽しむためには、この虚しさと親しみ、明日死ぬと思って毎日行動することだし、また、永遠に生きられると想像して未来を考えることである、と僕は思う。これは、誰か偉い人が似たようなことを言っていたはずだ。具体的に、誰がどんなふうに言ったのか、よく覚えていないが。

つまりは、もしも明日死ぬなら、と考えられる人は、もしも永遠に生きられるなら、とも想像できるということである。抽象的思考が、このように人の「大きさ」というものを膨らませる。これがその人の「器量」になるだろう。

どうでも良いことで忙しい

さて、「できるだけ拘らないようにしよう」と思い立ってから二十年になる。この二十年間で、僕の人生は大きく変わった。国立大学の教官だったが、その仕事にも拘らないことにしたし、自分が住んでいる地域や国にも拘らないことにした。親戚や家族にも拘りはないが、今のところ、一人というわけでもなく、こんな超我儘《わがまま》な僕に、家族はずっとつき合ってくれている。僕よりも人間が大きいからだろう。

ほんの小さな例だが、あるとき、もう年賀状を出すのはやめよう、と思った。それまでは、毎年何百という数の年賀状を出していた。でも、何のためにこんなことをするのか、これが自分の人生にどう関係するのかを考えて、あっさりやめてしまった。その分の時間を僕は得たことになる。失ったものもあるかもしれないが、何一つ問題は起こっていない。

そういう細かいことを挙げればきりがない。とにかく、どうでも良いことが多すぎたので、それらを一つずつ整理したのである。現代に生きる人たちは、「忙しい」が口癖になっている。若者や子供までこの言葉を口に出す。忙しいことが良い状態だと思っている人も多い。きっと、基本的なところで間違えているのではないか。

僕は、どんどん余計なことを自分から切り離した。切り離すためには、もちろん工夫が必要であり、一時的な苦労が伴う場合もある。しかし、時間はどんどん増えるし、結果的に僕はだいぶ自由になった。

自由のために働く

研究者をしているときは、とにかくがむしゃらに働いていた。がむしゃらとも感じなかったし、働いているとも意識しなかったが、あとになって客観的に振り返ると、非常に異常で危機的な毎日だったと思える。その習慣があったためか、小説を書くようになっても、依頼されたまま引き受け、素直に書いた。実は、自分から「こういうものを書かせてもらえないか」と申し出たことは一度もない。すべて、出版社から依頼があって、それに応えた結果である。研究をするときのように、けっこう集中して書いてしまった。おかげで、僕は「多作」で「速筆」な作家ということになった。気がついたら、そうなっていただけである。

爆発的に売れた本は一冊もないが、どれもそこそこ（特に、発行から数年して）売れたし、短期間に沢山の本を書いたため、印税として多額の収入を得た。気がつけば、貯金は一生かかっても使い切れない額になっていた。

それで、研究職からも、作家業からも引退することにした。これが、数年まえのことで、五十一歳になったときだった。その後も、研究は個人的に続けている。特に、現役の頃にはできなかった他分野で、いろいろと勉強を始め、計算をしたり実験をしたりしている。また、著作の方は、約束をしてしまったものを、ぼちぼちと書いているし、かつてお世話になった編集者から依頼されたものは、書ければ書くようにしている（この本もそうだ)。どちらも、趣味的なレベルである。既に、自分では仕事だと認識していない。だから、一日にせいぜい一時間くらいしかしない。それ以上にする体力がないし、それ以上にすると、現役時代との差がなくなってしまうからである(作家としては、最盛期でも一日三時間程度の仕事量だった)。

実現した「忙しくない毎日」

では、毎日何をしているのか。

毎朝六時に起きる。そして、奥様(あえて敬称)と一緒に、二匹の犬を散歩に連れて行く。帰ってきたら、コーヒーか紅茶にミルクを混ぜて飲む。ときどきパンかお菓子も食べる。その後は、庭に出て、掃除をしたり、雑草を抜いたり、落葉を拾ったり、種を蒔《ま》いたり、苗を植えたり、水をやったり、草を刈ったり、芝を刈ったり、落ちていた枝やゴミを焼却炉で燃やしたり、といったガーデニングをする。これで、だいたい午前は終わってしまう。その後は、工作室かガレージで、なにか作る。木工も金属工作もする。作るものはいろいろで、外で作るような大きなものもある。これで夕方まで時間があっという間に過ぎる。平均すると、ガーデニングも工作も、一日に五時間くらいずつしているだろうか。途中に何度も休むが、そういう時間も含めてである。

それから、奥様と買いものに出かける。これは車の運転が仕事だ。一時間くらいだろうか。これで、夕方の六時になる。もちろん、雨が降っていれば、庭仕事はできないので、その場合は工作が多くなる。その逆のこともある。住んでいる地域は、非常に冬が厳しい。雪は少ないが、気温は氷点下二十度くらいになる。だから、冬はだいたい工作室で過ごす。四カ月くらいは、犬の散歩と買いもの以外は、ほとんど外出しない。

旅行に出かけたりすることも滅多にない。ＴＶも映画も見ないし、本も、専門書や雑誌を読むだけだ（小説は読まない）。音楽は、執筆のときや工作のときに聴いている。

夕食は七時頃で、そのあとは、また軽工作をする。これは、明日のための仕込みのような作業で、だいたいは図面を描いたり、材料に寸法線を入れる罫書《けが》きである。これが一時間ほど。そのあと、今度は研究をする。これは具体的には調べたり、文献を読む作業だから、やはり仕込みにすぎない。九時頃に風呂に入り、雑誌などを読んで、のんびりしたあと、十時から十一時まで、出版関係の仕事をする。執筆をしたり、ゲラを読んだり、といった作業だ。そして、十一時にはベッドで横になる。十五分ほど洋雑誌を読む。英語が苦手なので、読んでいるうちに眠くなって、ライトを消すことになる。睡眠時間は七時間弱といったところか。

自由はダイナミックでエキサイティング

ほぼ、毎日これを繰り返している。違うことがしたいとは思わない。具体的なものを変える必要はない。毎日、考えることは全然違うし、興味もどんどん別のものへ移る。今は、ネットで世界のどこからでも情報を手に入れることができる。思考は、自由で常にダイナミックだ。しかし、具体的な（肉体の）生活は、質素で無変化であってもかまわない。むしろ、その方が健康を維持しやすい。健康は、思考を支えるためにある、と僕は思っている。

こういう生き方が、誰にとっても楽しいものであるとはかぎらない。しかし、僕は、ここに行き着いたのだ。過去のどこを振り返っても、今よりも楽しい時期はなかった。今が一番楽しい。毎日がエキサイティングだ。朝起きたら、今日することを思い出し、ベッドからさっと立ち上がるほど楽しみに興奮できる。また、寝るまえにライトを消すときには、明日が楽しみだし、同時に、寝ているうちに死んでしまっても、悔いがないほど、今日が楽しかった、と感じる。

工作の中には、何年もかかるプロジェクトがある。これを少しずつ進めている。だから、死んでしまったら未完に終わることになるのだが、そういった場合も「悔い」というものはたぶん僕は持たないだろう。不健康になって、工作ができなくなったときに、このまま死ぬかもしれないな、と考えたけれど、「悔しい」とは感じなかった。それくらい、「今」が楽しいので、毎日「元を取っている」ということだろう。

こんなに楽しい毎日で良いのだろうか、と考える。罰《ばち》が当たらないだろうか、とは正直思わないが。

「考え方」が人間を導く

世間には、自分の思いどおりに生きられない人が沢山いるように観察される。口でそう言っているだけで、本当かどうかはわからないけれど、少なくとも、「毎日が楽しい」とか、「こんな幸せはない」というふうに語る人は、どちらかといえば少数だ。

どこでこの差が生まれるのか、と考えてみると、それは運とか収入とか、そういったものではなく、究極的には、その人の考え方なのだと思う。考え方がすべての基本なのだ。だから、現実がどんな状況であっても、肉体がどんな状態であっても、思考は自由であり、いつでも楽しさを生み出すことができるはずである。ただ、現実や肉体といった具体的なものに囚われ、縛られ、不自由を強いられているのである。そこに気づけば、少し気づくだけで、ふっと気持ちが軽くなるだろう。

自分で自分を楽にしてあげることが、抽象的思考の最終目的のように思う。

そう、「〜のように」という部分が大事なのである。

第5章　考える「庭」を作る

第5章　考える「庭」を作る

問題とは具体的なもの

抽象的に考えると楽しい、という話を前章で書いたつもりだが、あまりに抽象的すぎてわからなかったかもしれない。繰り返して書くが、「理解できない」という状態は悪いことではない。「なんとなくわかった気がする」という台詞をよく耳にするけれど、世間における一般の方の理解というのは、このレベルだと思う。また、「完全に理解した気がしない」なんて言う人もいる。なにげなく使っているけれど、人によって、定義がずいぶん違うようである。

後述するが、「わかる」とか「理解する」ということを、現代社会は重視しすぎている。その言葉に拘りすぎているのだ。

多くの人は、これまでも、今現在も、現実の中で具体的な問題を抱えて生きている。「生きている」ことが既に具体的であり、そうそう簡単に切り捨てることはできないだろう。具体的なものを一切無視してしまったら、ほとんど廃人と同じである。「具体的な問題」と書いたが、問題というものは一般に非常に具体的である。抽象的な問題は、哲学者や数学者くらいしか抱えていない。抽象的に悩むことは一般人には難しい。誰でも、悩みというのは、目の前にある具体的な障害なのだ。

僕は、数学者でも哲学者でもなく、工学が専門だった。工学というのは、学問の中では極めて具体的で現実的な問題を取り扱う。研究成果とは、問題を解決するための具体的な対策を見出すことだった。謎を解明することよりも、今どう対処すれば良いのか、という方が優先される。これは、たぶん医学でも同じだろう。だから、具体的な解決策というものの重要性は、充分に認識しているつもりである。

ここまでこの本を読んできた人は、「抽象的って、結局自分の気持ちの問題であって、ようするに、目の前の問題から逃避して、言い訳して、自分の殻《から》に閉じ籠《こも》って自己満足するだけのことなんじゃないか」と勘違いしてしまった人もいるのでは、と想像する。これは、明らかな誤解であるが、そう誤解されるのは、やはり「抽象的」という言葉が誤認されているせいだろう。

発想のあとに論理的思考が必要

間違えないでもらいたいのは、抽象的な見方、抽象的な思考というのは、最初の発想の段階で活かされるものであり、それだけで物事がすぐに解決するわけではない、ということだ。発想が生まれたあとには、論理的な思考、あるいは計算や実験による検証、さらには具体的な対策の計画がある。ここでようやく現実に使えそうな「方法」になる。この段階では、かなりの現実性を持っていなければならない。そして、これを実現するためには、具体的な行動を起こす必要がある。

その行動の過程においても、ときどき小さな発想が必要になるだろう。予期せぬ問題も多々発生するから、そのたびに抽象的思考に立ち返って発想し、論理的思考と計算で方法を修正していくことになる。

思考のあとには具体的な行動が必要

物事を解決する行為は、おおかたの場合、最終的には具体的な行動である。時間や労力の大半は、具体的な活動に当てられる。行動が伴わない発想というのは、ほとんどの人にとって意味がない。既に才能を認められた天才とか、成功してリーダとなった人物であれば、呟くだけで、周りの家来たちが代わりに行動してくれるかもしれないが、普通の人は、家来は自分の肉体だけだ。

ようするに、抽象的思考は論理的思考と具体的行動がセットにならなければ、問題を解決できない。この三つの中で、抽象的思考だけが、手法というものがないため、教えること、学ぶこと、伝達することが難しい。だから、一部の人ができても、大勢の人が苦手としている。そんな状況から、「抽象的思考が大切だ」と強調する本書のようなテーマが浮上するのである。

論理的な思考では解けない問題がある

論理的な思考というのは、いうなれば具体的な思考である。これは、学校で習うものでもある。真面目に勉強をしていれば、たいていの人が身につけることができる。たとえば、算数の計算方法などが論理的思考である。数学が不得意だという文系の人でも、計算は普通にできるだろう。

僕は常々感じるのだが、文系の人は、理系の人より論理的だと思う。それにもかかわらず、文系の人は、「理系というのは論理的にしか物事を考えない」とよく言う。たぶん、「数学は論理的なものだ」とも勘違いしているのだろう。

数学には論理的な部分がある。また、計算も論理も具体的だけれど、理想的な条件下の話になるため、実社会からはかけ離れている。このため、抽象的に見えてしまうだろう。何の役に立つかが多くの人にとって具体的にわからない、ということもある。

ところが、たとえば、テストの問題を考えてみると、「発想」が必要な教科は、ほぼ数学だけである。論理的に考えてわかる問題ならば、もっと多くの人が解けるはずだが、最初にどう取り扱えば良いのか、という部分が思いつけない。抽象的思考が苦手だと手に負えない結果になる。ところが、数学の先生は、「論理的に考えろ」とおっしゃる。その結果、「どうも、自分には論理的な思考力が不足しているようだ」と思い込んでしまう人が多いのではないか。

これは、クイズとかなぞなぞで、少し捻《ひね》った問題でも同じだ。「面白い問題」というのは、論理的な解法だけでは答に辿《たど》り着けない類のものであり、なんらかの発想が求められる。

発想だけで解ける問題も珍しい

「考える」という行為を、「論理的に解決へと導くこと」だと認識しているとしたら、それは誤解である。たぶん、多くの人が「発想」「閃き」というものを、「論理的な思考」と明確に区別せずに認識しているだろう。僕が感じるところでは、発想するときの思考と、論理を導くときの思考は、まったく頭の違う部分を使っているようにさえ思える。だから、ギアを切り換えるみたいな感覚で、どちらでいくか、それこそ「頭を切り換える」必要がある。

たとえば、論理的な思考というのは、それに集中し、「脇目《わきめ》もふらず」突き進む感じのものだが、発想するときの思考は、「どれだけ脇目をふるか」が重要になる。これは、明らかに「集中」とは逆の頭の使い方に思えるのだ。

ただし、どんなジャンルでも、発想だけですぐに答に到達できる問題は非常に珍しい。このような発想系の問題を、「エレガントな問題」と呼ぶのだが、僕が経験した範囲では、ほとんど数題しかなかった。それくらい、問題を作ることが難しい。なにしろ、過去に似た問題があった場合、すぐに解かれてしまう。発想というのは、使い回しができないからだ。

発想は、問題を解く鍵《かぎ》（特に最初の扉を開ける鍵）となるもので、数学やクイズが好きな人は、一度でもその鍵を開けたことがあれば、一生忘れないはずである。それくらい、その鍵を発想したときの印象が強烈だからだ。そして、子供から若者になる時期につぎつぎと新しい鍵を見つけるうちに、しだいに感動できるような素晴らしい鍵に出会えなくなる。これまでに知っている鍵を複数組み合わせるような問題しかなくなってしまうからだ。

発想は必要だけれど、びっくりするような新しい鍵ではなく、持っている鍵を順番に試してみるだけのチャレンジになってしまう。こうして、数学やクイズの問題が面白くなくなる。普通のテストに出る数学の問題というのは、このレベルだ。欲求不満の人は、数学を専門に勉強して、より高度な「研究」をしなければならなくなるだろう。

また、クイズに関しては、もうほとんど新しい発想が必要な問題はない、といっても良いかもしれない。十年に一度くらい、どこかの天才が思いついたものが広まるけれど、あっという間に世界中で知れ渡ってしまうから、問題自体がみんなに覚えられて、魅力をたちまち失うことになる。忘れた頃に、頭を使う頭脳クイズのようなものがＴＶで紹介されるけれど、すべてレトロな問題のリバイバルである。書物も、古いもので見かけた問題を、多少焼き直して紹介しているだけだ。

発想と論理的思考のバランス

ということで、それらのエレガントな問題を除外すると、普通の問題を解決するのは、発想だけではなく、必ず論理的な思考が必要であり、むしろこちらのウェイトが大きい。この論理的思考に関しては、数々の書物が出ている。たいていは、初歩的なレベルの論理手法を紹介するだけのものだが、実用レベルではそれで充分だ。初歩的なルールを多少知っていれば、あとはそれらを当てはめていくだけのことで、慣れればわりと簡単に、誰でも論理的になれる。

社会に出ても、仕事においても、ほとんどは論理的思考で問題を解決できるだろう。大部分がこれでこと足りる。けれども、ほんのときどき、人と違った発想を持った人が、そのことで一気に抜きん出る場面がある。その差が意外に大きく現れるのは、やはり資本主義社会の中で、経済的な成功に結びつく場合が多いからだろう。

でも、この場合でも、発想しただけではなく、それを上手く利用する具体的な判断力といった現実的なセンスが必要だったはずである。発想の天才が必ずしも億万長者になれるわけではなく、どちらかというと、発想と計算の両者をバランス良く持っていた人が成功するように見受けられる。

具体的に、今すべきことは何か？

そういった成功者に憧れ、彼らの軌跡を追うことで、自分もそんな人生を送りたい、と若者は考えるだろう。非常に素直な感覚であり、もし「志」と呼べるような強いものになれば、きっとなんらかの影響を自分自身に与えるはずだ。立派なことだと思うし、その人がそもそも持っているポテンシャルに応じて成功する確率は高くなる。しかし、もちろん、みんなが大きな成功を手に入れられるわけではない。

いろいろチャレンジしても、ちっとも自分の思うとおりにならない、と途中で気づき始める。そして、自分の目指している目標が大きすぎるのだろうか、自分にはどだい無理な目標だったのか、今やっていることの何が問題なのだろうか、と迷ったり悩んだりしてしまう人が大多数だと思われる。

さて、ここで珍しく具体的な例を一つ挙げてみたい。具体的な例を挙げることは、読者がそこだけに囚われてしまう傾向があるので、できるだけ避けて、ここまで書いてきたのだが、これくらいならば大丈夫かな、と思うものを紹介しよう。

庭仕事から発想したこと

僕は、仕事から引退したので、前述のとおり「暇人」になった。世捨て人といっても良いくらいである。毎日汚い格好で庭をうろうろと歩いている。通りがかった人は、「あの人は、雇われている庭師かな」と思うだろうし、近所の人から見たら、「親の財産で優雅に暮らしている道楽者」と映るかもしれない。それは、まあ良いとして、とにかく、庭で何時間もただ地面を眺めて、雑草を手で一本ずつ抜いたり、小石を拾って片づけたりしている。秋には大量の落葉を自分一人で集めて燃やしている。僕がそういう管理をしているのは、庭の一部の平地だけだが、面積は五千平方メートル（〇・五ヘクタール、約千五百坪）くらいあるので、毎日やってもやり足りない。

ここへ引っ越すまえの家でも、ガーデニングをしていた。ガーデニングというものに凝りだして、十年くらいになるだろうか。それ以前は、まったく、これっぽっちも興味がなかった。

最初は、イングリッシュ・ガーデンの本をたまたま見て、「こんな庭は良いなあ」と憧れた。それで、お金をかけて、プロの庭師さんにそういう庭を造ってもらったのだ（そのときの庭の面積はせいぜい三百坪だった）。一千万円以上の資金を投じて完成したのは、たしかに立派な庭だった。そして、とても綺麗だった。

それで、一時の満足を得ることができたのだが、それを維持するのが大変になった。芝生は最初の一年が一番綺麗で、だんだん枯れていった。水をやることも、肥料をやることも、なにも知らなかったのだから当然である。また、庭仕事をするほど、僕は暇ではなかった。一週間に一度くらい、時間があるときに面倒をみる程度のことしかできなかった。雑草は増え、自分が気に入っている植物は元気がなくなる。どうも雑誌で見かけるイングリッシュ・ガーデンには近づく気配がない。そういう思いを何年か持っていたのである。

今のところへ引っ越したのは、仕事を引退してからだ。だから必然的に、時間が有り余っているので、庭に出てなにかできることはないか、と探すようになった。まえよりも気候が良いこともあって（真夏でも二十五度くらいにしかならない）、外にいるだけで気持ちが良かった、ということも手伝った。もともと僕はインドア派の人間なので、太陽の下に長くいるなんてことは、これまでになかった経験である（ラジコン飛行機を飛ばすときくらいだっただろう）。

こうして、ぼんやりと庭を歩き、目についた雑草を抜いたり、ここになにかあったら良いような気がするな、と思いついたところに種を蒔いたりするようになった。具体的に、庭をこんなふうにしようという明確なヴィジョンというものはない。デザインをしたこともなく、計画もない。今回はプロの庭師さんにお願いするようなこともなく、全部自分たち、つまり僕と奥様の二人だけで、こそこそと毎日なにかやっている。特に、二人で話し合うようなこともなく、お互いが勝手にやっているだけだ。

ただ、毎日、毎日、庭を眺めて、地面を見つめて、草や樹を見て回り、動物や虫を観察しているうちに、少しずつ気づいたことを実行するだけである。だんだん気づくことが増えてくるから、仕事はいくらでも見つかる。

そうなってまだ二年半ほどだけれど、最近驚いたことがある。「おや、ここから見ると、まるでイングリッシュ・ガーデンみたいだな」というシーンに出会ったのだ。それは、樹の枝葉を通り抜けた木漏れ日が、花壇や芝生に届いていたり、名前も知らない雑草だけれど、「まあ、けっこう格好良いから、もう少し抜かずにおこうか」と放っておいたものが茂って、細かい無数の花をつけたりしている、そんな風景だった。

自分の庭を育てる

どうして、こんなことになったのか、と振り返って考えても、言葉で簡単に説明できる原因はない。ただ、一つ一つのものを無理に挙げれば、一昨年に植えた球根だったり、昨年に蒔いた種だったり、春から地道に雑草を抜いてきたことだったり、落ちて黒くなってしまった葉や枝などのゴミを丁寧に拾った結果なのである。そうとしか言えない。

設計図を描いて、その状況を作り出そうとしても、たとえお金をかけて庭師さんに整備してもらっても、同じ風景は再現できないだろう。それに、その風景が自分にとって、「お、なかなか良いなあ」と感じられたのは、つまりは自分が毎日手間暇かけた、その感情移入にも大きな原因がある。人がどう見るかはわからないが、自分の目にはたしかに素晴らしく見えたのだ。しかし、それで充分である。人のために、この庭があるのではないのだから。

これからも、どんどん庭は変化していくだろう。過去から現在までの変化が、トータルとしてプラスだったということは、同じような作業をしていれば、さらにプラスの方向へ成長する、と楽観的ながら予測できる。どうなるのか、具体的にはわからないけれど、抽象的には「もっと気に入るもの」になることが確信できる。自分ですべてをやったから、毎日何時間も見ているからこそ、それがわかる。

この地の冬は厳しく、十月の末には樹の葉は全部落ちる。緑はすべてなくなる。枯れ木が立っているだけで、あとは荒涼とした地面になる。幸い、雪が一度でも降れば、それが解けずに長く残るので、一面が真っ白になって、これはこれで綺麗な風景だ（特に、月の夜が幻想的である）。ずっと氷点下だから、解けて汚くなることもない。

ここの厳しい冬を最初に過ごしたときには、「ガーデニングなんて虚しいな」と正直思った。一所懸命育てたものが、すべて無に戻ってしまう。暖かくなったら、また同じことを繰り返さなければならないのか、と溜息が出るのが普通だろう。

たまたま僕の場合は、一番の趣味が工作なので、冬は工作室に籠って、楽しい時間が過ごせる。家の中はとても暖かいので、まったく快適だ。むしろ、庭の仕事から解放されて思いっきり工作ができる、という喜びがあった。

それでも、春になって少し暖かくなったら、やはり庭に出たくなる。これは、長い冬が続いて、いくら楽しい工作をしていたといっても、やはり少々厭きてくるからだろう。

気分転換というものが、人間には必要らしい。季節というものがあって、本当に良かった、と思うし、おそらく、こういった季節の繰返しがあるから、それに適合した生物として生き残ったのではないか。人間の躰《からだ》も心も、そういう変化に対して前向きにできているのだ。

さて、春になってまた庭仕事を始める。春といっても三月はまだ地面が凍っていて、スコップさえ入らない。だから、四月くらいからぼちぼちと始めることになる。そこで見つけたのだ。

冬の間に枯れたと思っていた植物が、新しい芽を出しているのだ。つまり、凍った地面でも、植物は生きていたのである。これは、予想外だったし、とても嬉しい驚きだった。そして、そういう春を二回迎えてわかったのは、「どんなことでも、無駄にはならない」「多かれ少なかれ、なにか未来に影響する」ということだ。

ぼんやりと考え、適当にやったことでも、地道に続けていれば、全体としては「自分が望む」方向へ変化し、しかもそれらは蓄積して、自分が望む「世界」がだんだんと近づいてくるのである。

小さなことを見逃さない

たとえば、落葉なんか掃除しなくても、放っておけば良い、いつかは腐って土になるのだし、たとえ掃除をしても、秋になればまた元の木阿弥《もくあみ》ではないか、と考えるのが、論理的思考かもしれない。僕も理性ではそう考えていた。ただ、落葉を拾うと、その場は一時的にでも綺麗になるし、それに加えて、もっと大事なことは、落葉を集める仕事が、やってみるとそれほど辛《つら》いものではなく、むしろ面白いという発見だった。落葉を集める方法をいろいろ考案し、試行して、改良を重ねたので、こういった効率アップ自体も、なんとなく面白い。完全に自己満足である。

ところが、次の春、そして夏になってみると、落葉が取り除かれた地面には、沢山の野草が生えてくる。あっという間に緑に覆われて、芝生のように綺麗になった。一部に落葉が残っていた場所があったので、そこと比較してわかったことである。

大風で、樹が一本折れて倒れると、その隣の樹が枝を伸ばし始め、葉を広げる。自然というのは、実に抜け目がない。小さなことでも見逃さず、ちゃんと影響が出るのである。

頭の中に自分の庭を作る

こんな経験をして、これこそが抽象的思考に通じる具体例だな、と感じたのだ。すなわち、抽象的思考というものは、結局は、そういうふうに考えられる頭、面白い発想、新しい思いつきが生まれる「場」を作ることが第一であり、そういう「場」というのは、一朝一夕にできるものではなく、毎日毎日、自分の思考空間を観察して回り、具体的な雑草を見つけたら抜き、こんなのがあれば良いなというものの種を蒔く、そういう手入れを少しずつ続けてこそ、ゆっくりと、しだいに現れてくるものなのではないか。

何故、「庭」なのか。

頭の中に作る場は、たとえばドーム球場でも良いし高層ビルでもピラミッドでも良いではないか、と思われたかもしれない。人間の頭脳が考えるものは、そういう「人工的」なものである。実は、「論理」というものも人工的なもので、計算も推論も人工だ。これらは、人間が考えるとおりになる。つまり理想を追求できる。

ところが、その当の人間の頭脳は、まちがいなく自然なのだ。頭は、人工物ではない。したがって、自分の思うとおりにはならない部分がどうしてもある。何度も取り上げている「発想」は、そういう「自然」から生まれるものだからままならない。自分の中にあるプライベートなもので、比較的自分の勝手にはなるものの、それでも、まちがいなく「自然」なもの、そこが、つまり「庭」なのである。

この点が、今回の本書を書いているうちに僕が思いついた最も価値ある発想である。つまり、優れた発想とは自然から生まれるものなのだ。思うようにならないのは、人間の頭が作り出した人工の論理から生じるのではなく、人間の頭という自然の中から育ってくるものだからである。したがって、まさにガーデニングや農業と同じで、抽象的思考の畑のようなものを耕し、そこに種を蒔くしかない。発想とは、そうやって収穫するものなのである。

庭の手入れから連想したことではあるけれど、抽象的思考の場は、まさに「自分の庭」のようなものだ。それぞれが自分の庭という思考空間を頭の中に既に持っているのである。そこは、基本的に他者に邪魔されることなく、自分が思い描くとおりに整備することができる。でも、それほど簡単ではない。外部の影響に敏感で、天候にも左右されるし、そこで育ったある樹が成長しすぎて、ほかのものに日が当たらなくなってしまうこともある。害虫もいるだろうし、植物の病気だってある。放っておいたら、すぐに雑草に支配されてしまい、もうそこにいるだけで鬱陶《うっとう》しい、つまり、考えることが面倒な頭になってしまうのだ。

なんとか学びたい、と思っても、短期間に綺麗な庭のような「考える場」ができるわけではない。また、もしできても、気を抜くとだんだん荒れ果ててしまって、元に戻すのが一苦労になる。

たとえば、「逆転の発想」みたいな本を読んで、納得したつもりになっていても、そんな考え方ができるようになるはずがない。あれは、「あとから振り返ってみたら、逆だったな」というだけの話であって、「逆に考えれば良いアイデアになる」という手法は成り立たない。

学び方、考え方といった具体的な手法を数々取り入れたところで、それはその場限りの、つまりお金を払って庭師さんに作ってもらった庭園であって、自分が作り上げたものではないため、やはり次第にアイデアは枯れ、土地は痩せてくる。毎日こつこつと雑草を取っている（抽象的な思考を続ける）人の庭には、どう頑張ってもかなわない。

結局は、自力で頭脳の世話をしなければ、新しい発想、優れたアイデアが生まれる土壌は育たないし、また維持もできない。

自分で自分を育てるしかない

このような「心地良い庭」を頭に持っていることが、つまりは「発想力」というものの実体なのではないか、と考える。

どうしたら、それを育《はぐく》むことができるのか、に対する答は、毎日毎日、ああでもないこうでもないと考える、という地道なやり方以外にない。

これを教育に活かせないか、と考えてみたけれど、やはり無理だと思える。

知識を詰め込む教育を改めて、最近では「ビジュアル」とか「体験型」とか「総合的」といったキーワードでカリキュラムを工夫しているようだ。たぶん、そういう教材を売り込みたい人たちが考えたことだろう、と想像する。それで、今の子供たちは想像力を身につけただろうか？　たとえば、数学のレベルが上がっただろうか？

もの作りを体験させれば、子供たちは好奇心を持ち、作ることの楽しさに目覚めるだろう、というのは、そのとおりかもしれない。ところが、実際にやっていることは、単なるキットを組み立てさせるといった程度のことだ。実験といっても、手順は決まっていて、危ないことはさせてもらえない。

自主的に調べて、それをみんなの前で発表するような授業も流行っているらしい。子供に大人の真似をさせているようにしか、僕には見えない。

ネットを使える子供たちが増えているから、たしかに、そういった情報を処理する能力ならば、昔に比べれば格段にアップしているだろう。しかし、情報処理は、「考える」こととはまったく違う。子供たちは、そこをたぶん誤解してしまう。本に書いてあることやネットで検索したものをコピィすることが、「理解」だと思ってしまう。そういう情報にアクセスできることが、「頭の良い」ことだと勘違いするだろう。

どうすれば良いのか、という方法を僕は知らない。そういう方法があるとも思えない。それでも、昔のように、ただ難しい計算をさせられたり、応用問題を次々解かされたり、といった訓練をしている方が、少なくとも頭の運動にはなるだろう。わけもわからずに、ただ数というものを頭の中でイメージし計算をする、というだけでも、そこから、あるときふと、イメージが生まれることがある。頭を使っているからこそ、抽象的なものを思い浮かべるのである。嫌々勉強していても、そういう機会が多ければ、なんとなく、自分の考え方のようなものが芽生えてくる。最初は、嫌々雑草を取っているだけなのに、そのうちに自然に庭が自分の好みのものへと様変わりするのと同じである。

「楽しく学ぼう」という幻想

どうも、この頃は、「楽しく学ぼう」というような幻想を追い求めすぎていないだろうか。はっきり言って、勉強は楽しいものではない。考えることだって、どちらかといえば苦しいことだ。のんびりとリラックスしているときにアイデアが浮かぶよりも、忙しくて必死になって考えているときの方が、断然発想することが多い。ただ、忙しいとそれを吟味《ぎんみ》する時間がないので、見過ごしてしまうだけである。テスト勉強をしているとき、試験の前夜などに、やりたいことを思いついたり、やる気が湧いた経験はないだろうか。ちょっとしたストレスの中で、人間の頭脳は、面白いことを思いつき、実際に使えるアイデアが出てくることが多い。酒を飲んで良い気分のときには、残念ながら、頭からはなにも出てこない。

考えることは、息を止めるのと同じで、苦しいことだけれど、息を止めているからこそ発揮できる力がある。百メートル走の選手たちは、スタートからゴールまで呼吸を止めている。だから、あの速さが引き出せるのだ。

おそらく、あまりに苦しいばかりでは駄目だろうとは思う。緩急の振幅が思考を刺激するのではないか。だから、子供たちに計算をさせることは、たぶん必要なことだろう、と僕は想像している。知識を詰め込む教育も、その知識に意味があるのではなくて、覚える行為、頭を使うことに価値があるのではないだろうか。それはまるで、地面に鍬《くわ》を入れて耕すようなものだ。頭は使うほど、土壌が豊かになる。問題は、どうやって種を蒔くのか、である。

たしかに「楽しさ」という甘い味つけで好奇心を煽らないと、今の子供たちは見向きもしないのだろう。みんな、ゲームとかアニメとか、楽しいものを知りすぎているから、勉強に興味を示す方が不自然だ。でも、理屈が少しでもわかる年頃ならば、どうして勉強が必要か説明すれば良い。辛いことだけど、我慢をすれば将来自分の好きなことができるようになる、と教えれば良いと思うのだ。「見かけの楽しさ」でつろうというのは、誤魔化しというか、騙しているようなもので、不謹慎だろう。

できるだけ早い段階で、子供には少々辛い訓練をさせる方が有効だと思う。走ることは、走っている最中は辛い。でも、走り終わったあとに、解放感や達成感が味わえる。人間は、それを感じる能力を持っているはずだ。畑を耕すことは面倒で苦しいかもしれないが、自分の好きな種を蒔いて、その芽が出たときの喜びを味わってほしい。

たとえば、幼稚園の頃（あるいはもっと早く）から計算くらいした方が良いし、言葉もきちんと教えるべきだろう。小さいときほど厳しくして、自分で判断できるようになったら、逆に自由にする。高校生にもなったら、もう授業なんてやめて、全部自習にすれば良いのではないか。ここまで極端にしたら、学力が落ちるだろう、という意見ももっともだと思う。たぶんそうなるだろう。ただ、その「学力」というのは、つまり「センター試験」の偏差値のことだろうけれど。

もうちょっと考えよう

いずれにしても、大事なことは、「もうちょっと考えよう」という一言に尽きる。これが、抽象的思考に関する本書の結論といっても良い。あまりにも簡単すぎて、「え、それだけ?」と驚かれたかもしれない。

でも、なにに対しても、もうちょっと考えてほしいのである。なにしろ、全然考えていない人が多すぎるからだ。みんな周りを見回して、自分がどうすれば良いのかを「選んでいる」だけで、考えているとは思えない。選択肢が簡単に見つからないような、少し難しい問題に直面すると、どうすれば良いかを、「人にきく」人、「調べる」人が多くなる。でも、なかなか自分では考えない。

こうなるのは、学校の勉強やテストなどで、「わからない」状態が「知らない」ことだったためだ。つまり、勉強するというのは、「知る」ことだった。知識を身につけることが学業であり、物事を理解するすべてだと思い込んでいるのである。

たしかに、知識を問われた場合に、答を思いつかなければ、「わかりません」と答える。「知りません」と言う人は少数だ。けれど、ほとんどの問いは、「これを知っていますか？」という種類のものであって、「これがわかりますか？」ではない。テストの九割は知識、すなわち記憶の正確さを問うものである。

現代に生きる人々の多くは、「知らないこと」を不安に感じる。自分のところまで、ちゃんと正しい情報が届いているのか、という疑いを持ち、真実を知らされていないのでは、と恐れるのである。

たとえば、津波による甚大な被害があったし、原発の大事故があったため、その後、多くの人が不安を抱いた。自分は知らないのではないか。真実はどうなのか。本当に、このままで大丈夫なのか。今まで信じてきたものが、どうも頼りないと判明した。それでは困る。だから、誰かになんとかしてもらいたい。誰かというのは「国」というもののことらしい。昔だったら、「神」だったのだろう。神頼みをするしかない。

冷静になって考えてみてほしい。みんなが知らなかったのは、津波が来るまえのこと、原発の事故が起こるまえのことである。災害と事故のあと、みんなは「知った」のだ。本当のことがわかったのだ。情報は明らかに増えているから、以前よりもみんなは「よく知っている」はずだ。技術者や専門家も、より多くを知ることになった。今後は津波に対しても、また原発事故に対しても、知ったことによって、今まで以上に充分な対応を迫られるのだから、以前よりも安全になるはずである。

ここで、問題はどこにあるのかといえば、みんなが事前に「気づかなかった」ことにある。つまり、津波や原発は大丈夫なのか、という「発想」をそれまで持たなかった。ここに一番の問題がある。

危険は、知ることによって防げる。知ったから危険になるのではない。しかし、知るためには、危険を体験しなければならない。それでは遅い、という命に関わる大きな危険もある。そういう場合は、どんな可能性があるのか、何が起こりうるのか、ということを想像しなければならない。それでも、思いもしなかった事態というのは起こるだろう。想像したものを超える、つまり想定外の事態もある。そういう可能性があることは、ちょっと考えればわかることだ。

「危ないのでは」という発想

「危ないかもしれない」という発想がなかったことを、まず反省しなければならないだろう。とにかく、「絶対に安全だ」という言葉を信じてしまったのである。「もう信じられない」と今は考えている人が多い。だから、原発反対の声が大きくなった。「信じられない」ということを学んだのは、それだけでも一歩安全に近づいたことになる。だから、なんでも疑って、ちゃんと考えるようにしなければならない。原発の反対をするだけではなく、火力発電も、太陽光発電も、風力発電も、信じてはいけない。新幹線だって、自動車だって、もちろんオスプレイだって、信じてはいけない。危険はどこにでもある。我々は、そういう危険の中に生きているのだ。「絶対に安全」などというものが存在しないことくらい、ちょっと考えれば自明ではないか。

ただ、それらの危険がどの程度のものか、というデータをできるだけ詳しく調べ、それに基づいて各自が対処するしかないだろう。可能性が大きな危険からは、なるべく遠ざかるしかない。確率が低い危険は、一か八かで許容するしかない。そもそも、生まれてからこれまでの人生は、誰もが一か八かの連続だったはずだ。今生きている人たちは、奇跡的に生き残ってきたのである。沢山の人が犠牲になったことを忘れずに、技術者はさらに安全の確率を高めることに力を注ぐしかない。

「知らない」という不安

知らないから不安になるという人が多いけれど、誰も本当のところは知らないということくらいは、知っておいた方が良い。専門家は、比較的詳しいというだけだ。それは、過去のデータを沢山知っているにすぎない。未来のことを知っているわけではない。だから、実際にこれからどうなるのかを知っている人間はいない。それなのに、「教えてくれ」「きちんと説明してほしい」と詰め寄ろうとする。これも、考えることをせず、ただ知ろうとしている姿だ。自分で少し考えるだけで、かなり理解が深まるのに、それをせず、ただ知ろう知ろうとするから、疑心暗鬼になって「ちゃんとすべてデータを見せてほしい」「なにか隠しているんじゃないか」と疑ってしまう。

おそらく、「自分の考え」なんて信じられない、という人が多いのだろう。自分は、専門家ではない。わからない。知らない。だから考えてもしかたがない、という気がしているのだと思う。そう、気がしているだけだ。考えているというレベルまで達していない。自分の考えが信じられないと考えることさえしていないのではないか。

津波や原発を例に挙げて話をすると、それだけでもう感情的になる人が現れる。あまりにもショッキングな出来事だったので、しかたがないところだろうけれど、感情的な行動が、事態を改善することはない。やはり、大事なことは、みんながそれぞれにしっかりと考えることであり、そのうえで、冷静に議論をすることだ。

「知ること」に伴う危険

知ることも大事だが、知ることには、けっこうな危険が潜んでいる。沢山の情報に簡単にアクセスできるようになった分、間違った情報が増えているからだ。また、たしかにそれらしい情報源から発せられたものであっても、それが真実とはかぎらない。

たとえば、沢山の書物から引用をして、誰々がこう書いている、こう言っている、という文献を根拠にしているものが非常に多いけれど、それらは本当のことだろうか。本人が自分の回顧録として出版しているものでさえ、正直に本当のことを書くとは思えない。まして、他者が観察しただけの情報は、単なる憶測のレベルであろう。

情報は、それを発信した人の主観が基本になっている。自分に有利になることを書いている場合がほとんどだ。たとえ、嘘がまったくないとしても、都合の悪いことを書かないという処理によって公平さを欠いたデータになるし、人にどう思わせたいかということを計算して書かれているのが普通なので、誤解をさせるように注意深く仕掛けられているものだって少なくない。「これは事実とは違うだろう」とクレームがあったとき、「そんなつもりで書いたのではない。誤解があったら申し訳ない」とコメントする用意もできている。つまり「誤解した奴に責任がある」という姿勢だ。そういうことまで想定して書かれているのである。

意見を引用したり、客観的な事実として多くが認めることを引用し、その上で自分の考えを示すことが、本来のあり方だろうとは思う。ただ、僕の場合は、引用を極力しないことにしている。誰かの意見を直接参考にして考えたわけではないし、具体的な事実にも無関係な、抽象的なことを話題にするように心がけているからだ。

情報処理能力に長《た》けた現代っ子は、どうも引用が多すぎるし、中には引用だけして、自分の意見が書かれていないものも散見される。まあ、これは悪いことではない。無理に意見を言わないこともまた尊重すべき立場といえるものだからだ。

問題だと思うのは、自分に都合の良いものだけを引用して自分の意見を主張し、それに反対する意見に対しては、「なにも知らない奴」として、情報不足だと処理する人である。これが意外に多い。たまたま、自分が知ったことで、頭に血が上って、これが絶対だと思ってしまったのだろう。原発反対を叫んでいる人の何割くらいが、この部類になるだろうか、と想像するところである。

「決められない」という正しさ

僕は、原発に反対も賛成もしていない。だいたい自分の中では五分五分である。それでも、とても大事な問題だから、反対派の意見も、賛成派の意見もともに聞くことにしている。本も何冊か読んだ。

ところが、「今すぐ原発を全部廃止すべきだ」と主張する人に、「じゃあ、その分の電気はどうするの？」と尋ねると、「命がかかっているのだ。そんなことで、子供が守れるのか。子供たちの未来はどうなっても良いのか？」と怒りだすのである。「戦争はしない方が良いかもしれない」と言っただけで、「君は非国民になりたいのか？」と言われた、かつての軍国主義の国と似ている。

子供も連れてデモに参加しているらしい。子供や若者には、少なくともニュートラルの知識を授けたいものだ、と僕は思う。

物事を抽象的に捉え、客観的に見ると、なかなか決められないことが多い。人を殺すためたとえば暴力団のように、絶対的（に近い）「悪」というわけではない。原発は、特に作り出された武器のような装置でもない。社会の役に立つだろう、特に日本の未来のためには必要な技術だ、と考えて、知恵を絞って、国民みんなが金を出し合って、作り上げたものだ。もしそんなに完全な「悪」だったら、世界中にこんなに普及しているはずもない。それが、どうも制御が難しい、ということがわかってきた。少々甘く見ていたことは確かだろう。さて、そうなると、技術が未成熟なままこれ以上にあまり増やすべきではない、という意見は、今はかなりもっともらしいと思える。まだしばらくは天然ガスや石炭があるようだし、二酸化炭素が増えることに一旦は目を瞑《つむ》れば、原発に対しては慎重になる余裕がないわけでもない。

だいたい、そういう状況なのではないだろうか。

だから、絶対に反対でもないし、絶対に賛成でもない。それが正直なところだし、極端な意見よりは、少なくとも「正しい」のではないかと僕には思える。どうして、賛成か反対かを決めなくてはいけないのだろうか？　国民投票をした国もあるけれど、そんなことをしても、はたして本当の正しさを弾き出せるだろうか？

「決めない」という賢さ

もちろん、どっちつかずのままでは困る場合もある。賛成か反対か、どちらかに決めなければならないときもある。たとえば、工事を始めるとか、再稼働するとか、そういった決断をどんどん先延ばしにしていたら、現実はなにも前進しない。だから、個々の場合について、そのときどきで、どちらかに決める、つまり多数決を取ることはどうしても避けられないだろう。自分の中でも、賛成か反対か、それとも票を投じないか、を決めなくてはいけないときが、いつかは訪れる。

ただ、あくまでも、具体的に目の前にある差し迫った問題の場合だ。将来の方向性といった問題については、できるかぎり判断を保留した方が良い。この保留することも、抽象的思考から導かれるものの一つである。

慌ててどちらかに決める必要などない。ぼんやりとしたままの状態で良いではないか。○か一かを決めないといけない、と考えるのは、「もう考えたくない」という生理的な欲求によるものだと思われる。生物は考えたくないのだ。人間だって、本能的に「考えたくない」と欲しているようだ。その方が楽だからだろう。

けれども、人間だけが、この「苦しい思考」というものを働かせるのである。決めないで、そのつど考えれば良い。個々の条件によって違うだろうし、時が経てば、また立場が変われば、新しい情報が得られれば、考えが変わる可能性も大いにある。できるだけ「正しい」ものに近づきたいと願うのならば、とにかく、状況が許すかぎり保留して、自分に猶予を与えるべきだ。

一般的に言えることは、遅い判断の方が正しさに近い、ということだ。頭に血が上った状態で採決を取りたい、と考える人たちは、大衆が感情的で判断を誤ることをチャンスだと考えているのだろう。

抽象的に考えられる人は、こういった保留が沢山できる頭を持っている。おそらく、それだけ容量が多く、「庭が広い」ということだろう。広い庭ならば、複数の作業をやりっぱなしのまま置いておくことができる。「気が向いたら、またやろう」といった感じで、そのまま放置できる。いちいち片づけなくても良い。そして、そのやりっ放しの作業が、あるとき別のものと関連して、「これはこちらでも利用できるな」とか、「こちらがこうなら、向こうは少し考え直そう」と影響し合うことにもなる。やりっ放しにしていたおかげで、新たに思いついたアイデアを活かすこともできる。そしてなによりも、長い間、「あそこは、これからどうしようかな」とときどき考えることができるのだ。

理想を目指すことの楽しさ

とにかく、すぐにできることといえば、毎日「頭の庭いじり」をする時間を持つこと。「無駄かもしれない」なんて疑わないこと。否、疑っても良い。疑いながら庭いじりをするのが良いだろう。そんなことを考えたら、そもそも生きていることが無駄かもしれない、ということもわかるし、みんな、それを疑いながら生きているのだな、と微笑ましくもなる。

こつこつと、毎日、そして常に、暇に任せて、自分だけの「庭」を散策しよう。最初は面白くもなんともないかもしれないが、毎日観察していると、少しずつやりたいことを見つけ、それをしているうちに、少しずつ変化に気づけるだろう。そんな小さな変化を見つけることもまた楽しさの一つである。

焦って、ホームセンタで売っているようなお手軽な苗を植えても、自分の庭の環境に合わなければ、すぐに枯れてしまう。枯れなくても、一番綺麗なのは、植えた直後であって、だんだん見劣りしてくるだろう。それに、たいてい派手で立派な苗というのは一年草であって、その年限りなのである。つまり、基本的に根づくようなものではない。流行の「〜思考法」の類が、これと同じだろう。むしろ、そういうものが邪魔をして、本当に必要なものの発育が遅れることさえある。

逆に、雑草というのは、抜いたつもりでも、根が残っていて、またすぐに顔を出すものだ。間違えて植えてしまったものが、気に入らなくなったときも、簡単に取り除けないこともある。だからよく吟味した方が良いのは当然だけれど、しかし、基本的には、植えてみないとわからない。どれが雑草で、どれが残すべきものかも、しばらくは観察しなければわからない。人の庭を参考にすることもある程度は必要だが、その庭に直接入れるわけではなく、写真（その人の発言）でしか見ることはできない。

やはり、自分の庭は、誰かのものと同じではない。どこか違う。そして、違うからこそ、貴方という人間が存在する意味があるのである。

最終的に自分が理想とする庭が完成するということは、まずないだろう。そうではなくて、そこへ向かって「近づいている」という意識が大切で、それこそが楽しさになることも、最後にささやかな助言として、書き留めておきたい。

あとがき

お世話になった編集者の紹介で、新潮新書で仕事術のような内容の執筆依頼があった。仕事術というものは書けないが、こんな内容はどうか、と提案したものが、本書になった。執筆後の原題は『抽象思考の庭』だったが、本のタイトルは編集部に一任した。十時間くらいで書き上げたものだが（こういう具体的なデータに意味はあまりない）、ただ、その執筆中に、「庭」の発想が得られたことが、自分にとっては大変に大きい。書いて良かったと感じた。担当して下さった丸山秀樹氏に謝意を表する。

「」の意味

これは、まえがきに書こうかと思ったことだったけれど、読者が必要以上に意識するのも良くないと考えて、あえて書かなかった。この本では、「」の中に入っている単語が頻繁に出てくる。「頭」とか「思考」とかである。「」に入っていない同じ単語とどう違うのか、疑問に思った人も多いと思う。それほど厳密に決めているわけではない。単に少し強調したいとか、ある限定的な意味で使っているとか、つまり「いわゆる」が伴うような意味だとか、そんな感じである。英語だったら、フォントをイタリックにしただろう。

「というもの」という表現

また、本文中にも説明したが、「〜のようなもの」という表現も多用されている。さらには、お気づきかどうかわからないが、「というもの」「ということ」あるいは「といったもの」「という類」などなど、「という」が文章中に極めて多い。

これらは、文章表現における著者の癖というよりも、抽象的なものを話題にすると、どうしても避けられない言い回しなのである。この「というもの」は、どういう意味かというと、特にしっかりと決められないが、単なる強調であったり、限定的な意味に使っていることを示したり、あるいは、「みんなが言っているところの」という（つまり、「いわゆる」とほぼ同じ）意味合いだったりする。会話にも頻繁に登場する、非常に便利な言い回しである。似たものに、「なにか〜みたいな」というのもある。

たとえば、子供が母親に「お菓子を買ってほしい」とねだるときに、「なにかお菓子みたいなものがほしい」は、少し変だけれど、ないとはいえない。近頃の子供はこれくらい言うだろう。でも、「お菓子というものを買ってほしい」とは言わないだろう。とても意味深い感じがしてしまう。

「お菓子」と「お菓子というもの」の違いは何だろう?

それは、「お菓子」が具体的なイメージを伴っているのに対して、「お菓子というもの」と言われると、お菓子が持っている抽象的な価値をふと考えてしまう、相手にその思考を喚起させる語感がある。「お菓子というものは、結局は何なのか?」という疑問を誘っているのである。だから、具体的なものしかイメージしない子供の口からこんな言葉が出ると、奇妙に感じてしまうのだ。もし、これを発言したのが、アリストテレスだったら、「お菓子というものを買ってきなさい」と聞いても、「はい、かしこまりました」と答えるだけで、それほど違和感がない。これは、アリストテレスが、「世の中にはお菓子というものがあるそうだ。私はその存在をまだ充分に把握していない。ちょっと君、その類のものを買ってきてくれないか。君が、それがお菓子だと認識しているもので良いから」と言っているようにも想像できるのである。

そういえば、最初に観たチャーリー・ブラウン（有名なスヌーピーの飼い主）の映画のタイトルが、「A Boy Named Charlie Brown」だった。「チャーリー・ブラウンという男の子」という意味だ。どうして、単に「チャーリー・ブラウン」というタイトルにしなかったのだろう、とそのとき僕は思った。調べたら一九六九年の映画だが、観たのはもう少しあとで、高校生だったと記憶している。

スーパーマンとか、バットマンだったら、タイトルはそのものズバリになる。「スーパーマンという男」ではない。ここが面白いところだ。その言い回しには、「みんなはまだ知らないかもしれないけれど、この映画を観ているうちに、チャーリー・ブラウンがどんな子かわかりますよ」というメッセージを持った響きなのである。スーパーマンやバットマンは、みんな充分に知っているので、こうはならない。

名前というのは、固有名詞であり、名詞の中でも極めて具体的なものだけれど、それでも、最初に名前だけ聞いたときには、その人物に関する具体的な情報がないので、単に、そういう名前の人というだけの存在である。逆にいえば、その名前が示すものは、その後の情報で、どんどん変化をしていく。「そんなことは当たり前だ」と言われるかもしれないが、はたしてそうだろうか。

「好きか嫌いか」症候群

普通の人は、「アフリカのここにある国がエジプトだ」と社会科で習うと、もうエジプトを「知っている」と思い込む。あるとき、その国で印象の悪いことがあると、もうその国を嫌いになる。国を嫌いになるって、どういうことかも考えず、「私、エジプトが大嫌い」なんて言ったりする。そうして、エジプト人も嫌いだし、エジプト料理も食べない、エジプトの本なんて見向きもしない。そういうふうに決めてかかる。

これは少々極端に書いたけれど、これに似たことを貴方はしていないだろうか？

本来は、自分に入ってくる情報によって、認識はどんどん変化するものだ。また、好きか嫌いかを決めて、好きなものからは情報を入れ、嫌いなものからは情報を入れない、ということは、あまりにも理由がない。「いや、好きとか嫌いは、そう思ってしまうんだから、しょうがないじゃないか。気持ちに素直であるべきだ」と主張するのならば、そんな「好き」や「嫌い」は、僕は嫌いである。馬鹿馬鹿しいとさえ感じるし、明らかに理不尽だとも思う。

そういう人は、「好きというもの」や「嫌いというもの」をもう少し考えてほしい。

そして、そういうものに拘っている「自分というもの」を見つめ直してもらいたい。

もちろん、僕には関係のないことだから、貴方がどうしようが、どう考えようが、僕には影響は及ばないだろう。貴方がどうするか、貴方がどう考えるかは、主として貴方に影響する問題なのである。

「発想」がないことの危険

次は、たった今、僕が経験したことだ。

これを書いている今日、僕は手入れをしている芝生に防虫剤を撒《ま》くことにした。一年に一度、これをしなさいと本に書いてあったし、近所で芝生が綺麗な家の人も同じことを話してくれたからだ。農薬といっても良い薬である。僅か一グラムの粉末を五リットルの水に混ぜて希釈し、この水を芝生に撒くのである。

夕方、この作業をするまえに、僕の奥様に、「今から農薬を撒くから、犬を外に出さないように注意してね」と言っておいた。奥様は、「はい、わかった」と頷いた。それで、さっそくその作業に取りかかったのである。

五リットルの農薬水は、二坪くらいの面積で消費される。だから、何度も如雨露《じょうろ》で農薬水を作って、また芝生へ行く、という繰返しだ。それが三度めか四度めのときである。芝生へ出ていくと、奥様が芝のすぐ横にある花壇に向かってなにかしている。「何をしているの？」と尋ねると、「夕飯のために紫蘇《しそ》の葉を穫っている」と答えるのだ。

いつも一緒に庭へ出てくる犬たちは、家の中からこちらを見ていた。彼女は、僕に言われたとおり、犬を外に出さなかった。しかし、紫蘇の葉に農薬がかかったかどうか、という点については、まったく考えなかったというのである。僕も、紫蘇にかけた覚えはないけれど、可能性として、その危険を発想しなかったのは、明らかに問題だな、と感じた。

もし、あとで紫蘇を穫りにいくつもりだったら、僕が注意をしたときに、「さきに紫蘇の葉を穫りにいく」と言うべきだし、もし、そのあとで紫蘇を穫ることを思いついたのなら、一言、「穫っても大丈夫？」と確認するべきだっただろう。

「犬を外に出すな」という具体的な指示に囚われているから、そもそもの理由、もっと大事な本質を捉えていない証拠といえる。同時に、奥様が紫蘇を穫りにいくかもしれない、という発想を持たなかった僕も、反省する必要がある。奥様は、それくらいのことはしそうな人だ、と駄洒落を言いたくなるくらい理解しているのだから、ちょっと考えたら、発想できたはずである。

最後に

僕は、人の意見を聞くときや、人が書いた本を読むときには、それで自分が影響を受けようという気持ちでいる。そうでなければ、意見を聞いたり本を読む意味がない。結果的に、影響を受けない場合もあるけれど、少なくとも、影響を受けたいと思わなければ、他者に関わる姿勢として不適当だと感じるのである。ショッピングをするときだって、実際に買うつもりで見るときは真剣になるし、今は買えなくても、いつか自分も買おうと思わなければ、眺めているだけでは印象にも残らないだろう。

そして反対に、自分が意見を述べるときも、ものを書くときも、やはり、影響を受ける人がいてほしい、という気持ちはある。実際には、意見を聞く人、本を読む人はほんの一部だから、「社会に訴える」みたいなスケールは全然ないけれど、一人でも多く、なんらかの影響を受けてくれることを願っている。それは、僕に賛同しろという意味ではまったくなく、もちろん反対することだって影響であり、それでも全然かまわない。もっと言えば、その影響が、その人自身を良い方向へ導くものであってほしい、と願うだけだ。

人間というものは、基本的に自分自身を良い方向へ導く力を持っている。僕が考えることは、それが基本にある。こうしてものを書いているのも、そのためだ。

こんな抽象的な文章をながながと読んでくれた人は、これが読み切れたというだけで、抽象的思考の素養は充分。

既に、庭付きの頭に住んでいるのです。

二〇一二年九月　木漏れ日に輝く緑風の下

森　博嗣

森 博嗣　1957年生まれ。作家。工学博士。某国立大学助教授の傍ら、1996年『すべてがＦになる』で第１回メフィスト賞受賞。著作に『スカイ・クロラ』『相田家のグッドバイ』など。

Ⓢ新潮新書

510

人間《にんげん》はいろいろな問題《もんだい》について どう考《かんが》えていけば良《よ》いのか

著　者　森《もり》　博嗣《ひろし》

2013年３月20日　発行
2013年４月５日　２刷

発行者　佐　藤　隆　信

発行所　株式会社新潮社

〒162-8711　東京都新宿区矢来町71番地
編集部(03)3266-5430　読者係(03)3266-5111
http://www.shinchosha.co.jp

印刷所　錦明印刷株式会社

製本所　錦明印刷株式会社

ISBN978-4-10-610510-4　C0210

価格はカバーに表示してあります。